As pessoas que matamos ao longo da vida

As pessoas que matamos ao longo da vida

Tamiris Volcean

Editores
Marcelo Nocelli
Rennan Martens

Revisão
Marcelo Nocelli
Natália Nocelli

Imagem de capa
Foto de Piero Fiaschi
https://www.flickr.com/photos/fiumeazzurro

Design e editoração eletrônica
Negrito Produção Editorial

Dados Internacionais de Catalogação na Publicação (CIP)
Bibliotecária Juliana Farias Motta (CRB 7-5880)

Volcean, Tamiris
As pessoas que matamos ao longo da vida / Tamiris Volcean. – São Paulo: Reformatório, 2016.
160 p.; 14 x 21 cm.

ISBN 978-85-66887-25-9

1. Romance brasileiro. 2. Ficção brasileira. I. Título.
V911p CDD B869.3

Índice para catálogo sistemático:
1. Romance brasileiro 2. Ficção brasileira

EDITORA REFORMATÓRIO
www.reformatorio.com.br

Para as mulheres que me ensinaram a voar.

Para as pessoas que matei.
Para as que ainda vivem.

"Digo: o real não está na saída nem na chegada:
ele se dispõe para a gente é no meio da travessia."

GUIMARÃES ROSA

Sumário

Da carne

Da mente

Da alma

Da carne

Eram dois; de repente, um

Insegurança e medo camuflados em meio a frases sem sentido. O problema não é você; são as circunstâncias, minha agenda que não bate com a sua, nossas personalidades diferentes.

Uma estrada percorrida até a bifurcação.

Ela era forte. Preferia a tranquilidade de um sorriso ao tumulto dos comentários exaltados nas fotos do casal. Não gostava de padrões.

Relacionamento, para ela, era mais que um status virtual – era tato, saliva e suor. Era entrega. Dançar na superfície para logo mergulhar naquelas águas escuras, sem medo de estourar os tímpanos. Beijar sem medo de fechar os olhos por completo. Esquecer do redor. Para ela, não existia receita ou roteiro a seguir. Ela escolheu viver sem saber o que vinha depois.

Ele era forte. Preferia a certeza do vazio da solidão à falta de controle. Não gostava de surpresas. Relacionamento, para ele, era coisa trivial. Todo mundo arranja alguém para se postar ao lado na hora das fotos familiares no Natal.

Era acordo. Era preciso ter qualidades que fizessem a balança pender para os pontos positivos. O cheiro, o olhar, o sorriso lhe causavam sensação estranha, mas mergulhar no desconhecido lhe causava medo. Por isso, caminhava no raso preferindo as boas maneiras, a educação e as circunstâncias favoráveis. Para ele, não existia peculiaridades. O fluxo vital já estava pré-definido.

Ela, ao mergulhar, afogava-se muitas vezes – tinha muito mais de sete vidas.

Afogava-se e tranquilizava a respiração, para então mergulhar outra vez. Conheceu profundidades escuras, mas também chegou ao paraíso reservados aos que tem coragem de prender o fôlego e continuar quantas vezes for preciso.

Ele, ao permanecer na zona rasa e segura, nunca engoliu uma gota d'água.

Nunca gastou nenhuma de suas vidas e nem conheceu caminhos incertos, que poderiam encher seus pulmões e carregá-lo ao fundo sem chance de volta. Mas também não conheceu o mistério de oferecer todo seu tesouro sem receio de perder uma só moeda.

O maior inimigo do sentir é o medo. Ela, apesar de todos os monstros que enfrentou, colocou-os sob a cama e ali fez com que permanecessem. Preferiu o sentir. Ele, o medo.

Ela não tinha um comportamento igual ao de todas as outras. Não gostava do top 100 da Billboard e nem de *blockbuster*. Vivia sua vida sem saber ao certo o que viria após virar a esquina. Enfrentava a corda bamba só para sentir a queda, vento nos cabelos. Apesar de toda incerteza, restava uma convicção: não havia caminhos mais belos quanto os do seu coração, aqueles que ela mesma abrira.

Ele soltou as mãos. Achou a estrada complicada demais. Intensa demais. Seguiu o seu fluxo vital pré-definido. Ela afogou-se mais uma vez, para retornar a superfície e continuar, cantarolando aos sete mares que eles têm medo da intensidade – medo de sair da linha e perder o rumo por completo.

Em tempos de frio, tudo parece vazio

Eram quase sete de sexta-feira ao som de Jefferson Airplane, *Comin' Back to Me*.

Neblina circundando pontos de luz, melodia triste e a sensação de que me falta algo. Coração desocupado e um buraco no estômago – decido entrar num drive de um *fastfood* qualquer para preencher um dos hiatos que me compõem.

Faço o pedido, refaço, é melhor pedir o dobro; comer por dois, mesmo estando só. Deixo o drive e, apesar do pedido em dobro, é só metade que segue em frente – ainda falta algo.

Percorro o caminho de casa praguejando a solidão e amaldiçoando os semáforos vermelhos que teimam em tirar meus pés do acelerador – frear assusta; enquanto a rapidez esconde tantos segredos nos borrões que formam em nossas janelas, frear os expõe. Analisar segredos nunca foi meu forte.

Num desses semáforos, entre tantos outros, milhões de carros poderiam ter freado ao meu lado, mas aquele que marcou o asfalto era branco. Branco por fora e cinza por dentro. Seus passageiros: um homem e uma mulher, ambos cinzas.

Dois que não eram soma, mas subtração. Vidros abertos, corações trancados.

Eu não consegui distinguir a melodia romântica que vinha dali: os gritos abafaram a voz de uma banda qualquer. Nos poucos segundos que estivemos lado a lado, nenhum sorriso ultrapassou a faixa pontilhada que nos separava na avenida – estavam descontentes e teimavam em estar ali.

Olhei para o meu banco vazio e meu carro, apesar da lataria preta, iluminou-se por dentro: eu estava exatamente da maneira como gostaria e deveria estar. Não me faltava nada. Eu estava em meu lugar, sem teimar em driblar a solidão.

O semáforo esverdeou. Eles se foram, descontentes. Não sabiam, ou fingiam não saber, que nem sempre ter os dois bancos ocupados é sinônimo de estar e sentir-se inteiro.

Dois também pode ser metade.

O semáforo esverdeou e eu sorri por dentro. Olhei o banco ao lado e ainda restavam muitas coxinhas, minhas preferidas. Planejei minha noite de sexta.

Minha lista de filmes para assistir antes de morrer ia sair da gaveta de novo.

Troquei a melodia triste. Eram quase oito de sexta-feira ao som de The Rolling Stones, *She's a Rainbow*, e minha companhia era aquela que me fazia sentir completa, por inteiro: eu mesma.

Em tempos frios, é você que preenche o vazio.

Não saí na sexta à noite em busca de um amor

Preferia músicas que mantêm meus olhos abertos àquelas que facilitam o seu fechar. Preferia o caminho mais rápido ao que me obriga a pensar na vida enquanto aguardo a fila do congestionamento diminuir.

Gostava mesmo é de jantares prontos em três minutos e, de preferência, que já viessem em embalagens de consumo imediato para não perder tempo lavando louças. O resultado era coisa mais importante no percurso. A ânsia pelo depois transbordava em mim.

Meu prazer era fruto da rapidez.

Já tive pressa, sede insaciável e febre de saber o que estaria por vir, mas coloquei freios nos pés. Caminhando lentamente é possível olhar ao redor, colher as flores do caminho e sentir o perfume de cada uma delas.

Hoje dou mais valor aos momentos do que à posição dos ponteiros do relógio que insiste em me apressar.

Saio do trabalho, coloco o meu CD do Great Lake Swimmers e sinto o som de cada uma das cinco cordas do banjo. Pego o caminho mais longo e já vou pensando no jantar, a cada metro que a fila de carros avança lentamente eu incluo um item na lista de compras – o jantar vai demorar, mas, quando sair, seu gosto será de satisfação com uma pitada de paciência – e é essa pequena porção de paciência que faz toda a diferença.

Hoje é sexta-feira e fiquei em casa. A noite mal começou e já me colocaram no grupo dos desanimados. Afinal, como vou encontrar o amor da minha vida se ficar em casa na sexta-feira à noite? Absurdo.

Absurdo mesmo é essa pressa por encontrar alguém para completar aquilo que já nasceu cheio.

Assim como o jantar, que quanto mais tempo no fogo, melhor o gosto; amor e pressa não combinam. Vale esperar o bolo assar por inteiro, demore o tempo que for, a tirá-lo do forno e comer massa crua, que alimenta na hora e faz um mal danado depois. Haja estômago para aguentar o doce do começo e a azia que chega logo em seguida! Com o amor é assim: espera e paciência.

O meu bolo não assou por completo nessa sexta-feira. *Take it easy*. Coloquei o seriado e o sono em dia. Cansei de comida feita pela metade, bolo mal assado e café frio.

Meu paladar agora só aceita um banquete por completo, daqueles que nos fazem repetir inúmeras vezes – nem que, para saboreá-lo, eu tenha que assistir algumas temporadas de Game of Thrones sozinha.

Nós, inteiros que somos, não aceitamos metades

23h05, ela chega e pede uma daquelas bebidas coloridas.

O garçom pergunta se está esperando alguém, ela sorri e balança a cabeça numa negativa sem pesar.

23h36 e no copo só resta o som de vazio subindo pelo canudo.

23h50, já dentro do carro, aperta o *play* naquele CD gasto do The Doors, *Touch me* é a primeira música.

É no caminho de volta para casa, vento no rosto, que ela sente a liberdade do quase-voar, quase-flutuar. Caminhar centímetros acima do chão.

Chega em casa e não tem ninguém para abrir a porta – ela mesma gira a maçaneta, a chave daquele interior é só dela e, ainda assim, ao entrar, não há vazio algum.

Ela sente medo daqueles que, por dormirem só, esparramados numa cama *king size*, dizem ter coração vazio. Apesar de ter apenas uma cadeira ocupada na hora do jantar, o coração que bate transborda para além dela mesma.

A descoberta de que o coração nasce por inteiro e, na vida, só nos resta encontrar alguém para deixá-lo mais bonito, causa medo.

Medo que golpeia homens e mulheres que encontram corações completos no meio do caminho.

Ela não entendia porque ninguém aparecia para abrir a porta quando chegasse e, então, entendeu que a maioria das pessoas prefere a ilusão de um coração vazio a aceitar que o outro já é inteiro.

A música era *End of the Road*, Eddie Vedder concordava com ela.

"I won't be the last
I won't be the first
Find a way to where the sky meets the Earth."

Seu céu encontrou a Terra quando sentiu o peito estufar ao pensar em tudo que guardava no coração. Era tanto que não sobrava espaço para o vazio.

Tirou os fones de ouvido e, junto deles, a pressão de não ter com quem dividir a metade daquele pingente que viu na vitrine do shopping dias atrás.

Medo – essa neblina que nos impede de enxergar as maravilhas de não ter a obrigação de completar o outro.

Estar ali para unir dois inteiros, não duas metades. Medo de não ser necessário, de não se precisar da presença, do afeto, do toque. Medo de que o outro ande com seus próprios passos e nos esqueça pelo caminho.

Perdem os que têm medo de quem sabe-se completo. Perdem a chance de viver uma vida sem medo – estar junto pelo simples fato de estar.

Ela, que caminhou até o quase-fim da estrada para fazer a descoberta, percebeu que o fim era seu começo – agora só ia abrir a porta da sua casa quem não tivesse medo de plenitude.

Um dia disseram para eu me colocar em meu lugar. Eu fui

Hoje à tarde, quando saía do trabalho, deparei-me com um casal almoçando em uma mesa sob o sol. Parei ao lado do carro e comecei a busca pelas chaves dentro da bolsa. Enquanto percorria todas as repartições daquela que continha uma boa parte dos meus dias, não pude deixar de ouvir o diálogo entre os dois – que mais parecia um monólogo, visto que ela, cabisbaixa, não tinha direito de resposta.

O momento foi breve, mas o suficiente para que a frase no imperativo chegasse aos meus ouvidos.

Coloque-se no seu lugar.

A ordem reverberou nas paredes que circundavam minhas memórias. Eu já estive na posição de destinatária daquela mensagem e também não ergui os olhos. Os meus, lembrei, pareciam bacias cheias d'água que não transbordavam por um fio. Daquelas que carregamos na cabeça e, se feitos movimentos bruscos, derramam. Deixei-os baixos por medo da correnteza do rio.

Coloque-se no seu lugar.

Eu não soltei as mãos, empurraram-me sem desvios

em direção aquele lugar que era meu. Fui forçada a começar a caminhada.

Empurrão faz tropeçar no começo e, em meio a tropeços e passos vacilantes, eu fui. Afastei-me e cheguei a um lugar em que habitavam medos só meus, amores só meus – sentimeus.

Demorei a acostumar. Afastar todos os véus e penetrar na selva do autoconhecimento que cobria o caminho subsequente de interrogações.

Varri a folhagem seca para o canto – monte de folhas amarelas, cor de outono, que encobriam a passagem de acesso à clareira central, na qual morava a paz de estar em par comigo mesma.

Cheguei ao meu lugar e não pretendo mais voltar. Quem quiser que traga flores ao me visitar.

Tive vontade de puxar uma cadeira e me juntar a eles. Pedir um suco tão frio quanto aquilo que pensavam estar vivendo, e dizer a ela: cumpra, pela última e derradeira vez, a ordem que recebe. Coloque-se no seu lugar que, posso garantir, não é ao lado de quem enche seus olhos de lágrimas.

Entendi, definitivamente, que amor não manda para longe – é dois que partem na mesma direção, buscando clareira em comum.

Quis puxá-la pelas mãos, tirá-la dali e mostrar os tantos lugares que poderiam ser dela. Entrei no carro e dei uma última olhada para aquela mesa e, em mim, alojou-se uma esperança. Que ela seja um dia empurrada contra o precipício também.

Que ele a liberte para que ela ocupe, de fato, seu lugar.

E, por fim, quando aqueles dois tornaram-se apenas pontinhos distantes em meu retrovisor, desejei com muita intensidade que ela, um dia, quisesse estar ao lado de alguém que não invadisse seu espaço, mas que estivesse disposto a visitá-la em seu universo – sem impedir suas estrelas de brilharem.

Dança de fogo e água

Somos copo meio cheio, meio vazio. Possuímos no fundo da alma o nada e o abundante em equilíbrio.

Quando copo meio vazio, externalizamos todo o nada guardado no baú de sentimentos – estresse, raiva, impaciência e grosseria. Somos metade. A outra metade, no fundo do recipiente, contém líquido manso como o brilho das estrelas em noites tranquilas. Quando copo meio cheio, transbordamos o abundante. Os melhores tesouros que carregamos vibram, querem fugir do dentro que os bloqueiam, atingir o outro que os provocaram.

As pessoas têm o poder de despertar o nada ou o tudo em nós.

Há muitos céus no íntimo de cada um, um céu para cada encontro da travessia. Porque o céu é local de reencontro com coisas que amamos e o tempo nos roubou – no céu está guardado tudo aquilo que a memória um dia amou.

O meu céu pode ser meio cheio, meio vazio; estar cheio de nada, ou vazio de tanto transbordar. Pode ser um céu de fogo que, dizia Neruda, é a substância dos poetas. Pode ser um céu de incêndio, que destrói poesias.

Fogo enfeitiça os olhos com suas chamas. Há uma linha tênue entre a labareda mansa e a combustão descontrolada. As chamas começam a dançar frente aos olhos, os objetos vão perdendo os contorno e, ao final, tudo é fumaça.

Se a faísca no céu dançará lentamente ou perderá o controle, depende da intensidade do sopro parido dos lábios do outro.

As pessoas têm o poder de acender o fogo de sentimentos aconchegantes e de incendiar o céu, parte delas dentro de nós. Têm o poder de remar rumo à terceira margem do rio, que é a saudade de Riobaldo; e também o poder de seguir o fluxo das águas sem deixar o gosto da volta.

O fogo e a água que completa a metade do copo dançam conforme a música que exala a alma do outro – se harmoniosa, calmaria haverá; se desafinada, só o tumulto.

Fidelidade é sorrir até a comida esfriar

Gosto de restaurantes – pela comida e pelas companhias indiretas que arranjamos ao escolher uma mesa qualquer. Gosto também de observar pessoas, não para lhes invadir a privacidade, mas para conhecer uma infinidade de mundos diferentes, singularizados em cada ato.

Hoje entrei num restaurante e sentei entre dois casais. A maneira como conversam durante a refeição pode dizer muito sobre o relacionamento. Um deles conversava e ria; misturado ao aroma do prato sobre a mesa, era possível sentir cheiro de amor vivo. Os outros dois, sentados na mesa ao lado, comiam em silêncio. Um olhando para o prato, outro para o celular – a comida, pela aparência, estava em ótimo estado, o amor foi que estragou.

Outro dia, numa conversa de bar, tentou-se definir o conceito de infidelidade. Dentre as tantas respostas e definições, encontrei a minha ao encarar o silêncio do casal da mesa ao lado.

Infidelidade é deixar o amor estragar e seguir o resto da vida olhando para o prato enquanto comem, sem rir nem conversar. E assim morrem, fiéis ao prato e infiéis à vida e à possibilidade do amor.

Meu pedido chegou antes de poder chegar à mesa deles e recolher a peteca de um jogo solitário – peteca que é lançada e o outro não devolve, cai no chão.

O silêncio e o hiato de sorrisos são a prova de que já não há jogo algum; e também a prova de que infidelidade não é feita só de beijos, abraços e pensamento em outra pessoa. Infidelidade é continuar desviando o olhar para o prato; é deixar a peteca cair.

Para o casal que sorria, mais um chopp; para os outros dois da mesa ao lado, a conta.

O acordar do domingo

No domingo, o acordar é maravilhoso. Natural. Os olhos abrem quando sentem vontade. Os ouvidos folgam do despertador. O sol esconde-se por entre as nuvens, respeitando o descanso merecido. No acordar de domingo, sentimos o gosto da liberdade. As pernas esticam e encolhem quantas vezes forem necessárias para causar o tédio e nos fazer levantar. Enroscam-se nas pernas do outro, convencendo-o a ficar por mais dez minutos. Ou algumas horas.

O acordar de domingo é nossa chance de escolha tão desejada. A eficiência da cafeína torna-se questionável. Os limites da manhã são esticados até um almoço tardio, sem correr o risco de estourar ao esbarrar em prazos que atropelam o passar do dia.

No acordar de domingo, permitimo-nos rejeitar o tempo. É nesse momento precioso que velar o sono do outro deixa de ser nada e torna-se tudo – a coisa mais importante para a qual destinamos toda a nossa atenção. Ao permanecermos de olhos semicerrados, não queremos nos sentir úteis. O acordar de domingo nos livra da culpa de ignorarmos a utilidade de nossas ações, que nos persegue insistentemente ao longo da semana.

Transpassando a cortina de linho branco, a claridade cria uma redoma suspensa. No acordar de domingo, as obrigações são deixadas do lado de fora. Despimo-nos do nosso papel social para ser somente essência.

O acordar do domingo é sentir cada fio do lençol. Compartilhar a preguiça com o outro ou consigo mesmo. Dividir a vontade de estar ali. É sentir o silêncio de um dia sem a competitividade de cumprir as metas no trabalho. Um ritual de restauração de paz interior. Um resquício da possibilidade de sermos apenas humanos.

É o momento que corre na direção contrária do mundo e resiste à nossa vontade de preencher o tempo, apesar daqueles que, de tanto conviverem com a culpa, preferem revesti-lo de utilidade.

O acordar do domingo é lacuna, espaço para que nossas vontades reprimidas pelos afazeres cotidianos criem asas e possam voar, ainda que na imaginação estimulada pelo olhar fixo no teto do quarto.

O acordar de domingo é negação.

Não importa o quanto o mundo peça de nós, ao abrirmos os olhos no domingo negamos toda essa loucura que desgastam nossos ombros durante o resto semana.

Quantas pessoas deixamos de conhecer por inteiro pelo medo de mergulhar?

Pearl Jam tem uma das músicas mais lindas do mundo. Talvez ela goste tanto de *Sirens* quanto daquele vinho barato que entope as prateleiras do supermercado, ou prefira os dois juntos – perfeita sintonia. É claro que mantem isso em segredo. Um fato trancafiado na caixa das coisas que só são reais se aliadas à solidão.

Ela também gosta de ouvir Stone Temple Pilots enquanto corre, apesar de achar as canções um tanto quanto desconexas demais. *Interstate Love Song* combina com seu suor. Talvez porque compartilhe o sentimento de que, naquele momento, respirar é, de fato, a coisa mais difícil a ser feita.

Outro dia, encontrou, perdido no porta-luvas do carro, um CD antigo e riscado pelo tempo. Daqueles que a gente grava em uma tarde ociosa e esquece de nomear com a caneta azul de ponta grossa. Era Radiohead. A primeira música, *Karma Police*, fez com que ela lembrasse do quanto gostava da banda em 2006. Talvez outras tenham ocupado o lugar de preferidas. Mas a memória daquele piano ainda estava ali.

Naquela caixa de segredos onde se encontra o gosto pela mistura entre Pearl Jam e vinho barato, ela esconde também todos os CDs do Coldplay, ainda que resista a admitir sua paixão pela banda quando é questionada sobre *The Scientist*.

Tem muitas coisas que deixamos encarceradas no lugar onde ninguém vê. O problema, ou solução, são as frestas encontradas pelos olhares mais atentos. Ela imagina que ninguém saiba sua coreografia quando, enquanto dirige, o modo aleatório lhe presenteia com *Bittersweet Symphony*, mas nas entrelinhas de uma conversa despretensiosa, sempre deixa escapar algum passo do começo ou do final da canção.

O segredo não está em descobrir a combinação que abre o fecho dos seus mistérios particulares. Está nas entrelinhas. Na atenção enquanto ela fala sem parar, agitando as mãos para todos os lados.

São os momentos de descuido que te farão saber quais são, realmente, as suas cinco bandas preferidas. Não aquelas que ela teve tempo de pesquisar e saber que são aceitas pela maioria, mas sim as cinco que, em alguns momentos, lhe causam vergonha, mas ainda assim fazem seu coração e alma inflarem.

Não é com perguntas objetivas e bem formuladas que se descobre qual o seu vinho preferido. É em uma ida ao supermercado à meia-noite. Perdida entre prateleiras, ela, de repente, vai encher os olhos e apontar uma garrafa qualquer. É esse.

Você não vai saber qual livro lhe faz ter vontade de

acordar no domingo de manhã para terminar o capítulo do dia anterior enquanto não dormir ao lado dela. Não adianta entregar-lhe um formulário na mesa do bar e pedir-lhe suas citações favoritas. É enquanto você dorme que ela dá um jeito de se esgueirar pela beirada da cama e, silenciosamente, abrir na página marcada.

Ao abrir os olhos, a resposta estará ali. Um momento de descuido e ela revela o seu segredo. Pessoas convivem por anos e não conseguem descobrir que o outro prefere comer primeiro a sobremesa. Anos de amizade, namoro, casamento e o outro não percebe que aquela dobradura feita no guardanapo, enquanto esperam o prato principal chegar à mesa, é um pássaro que demonstra o quanto a companheira ou o companheiro deseja voar.

No final, o resultado não bate com os números que compõem a soma: muitos anos e pouca intimidade. Afinal, intimidade não é só ter liberdade para brincar, conversar ou inventar um apelido que irrite o outro e, ainda assim, não o magoe. Intimidade é interpretar as entrelinhas. Saber as cinco bandas, o vinho barato, o livro de domingo de manhã e até o que significa os rabiscos em um guardanapo qualquer.

Tem gente que passa a maior parte da vida ao lado de um alguém que nunca enxergou por inteiro. Nunca descobriu que, em um lugar onde quase ninguém vê, tinha ainda tanta coisa para desvendar.

Entrelinhas, é preciso atentar-se às entrelinhas.

Abraço de carnaval

O trânsito de Bauru é um caos. Emaranhado de estresse, calor e desordem. Pressa de não sei o que para não sei onde. De dentro do carro, a impressão de que o asfalto dilui-se sob o sol escaldante. Os olhos não param abertos e tremulam, tentando buscar um oásis de sombras em meio ao deserto de pedra. As mãos já vermelhas de segurar o volante cálido, queixam-se. Como partículas microscópicas, as pessoas, quando submetidas ao calor, mostram-se inquietas.

O verde, amarelo e vermelho do semáforo completam dois ciclos e o acelerador continua intacto. Na ânsia pela busca de paz, quero adiantar o relógio. Reparo, de repente, que, durante o tempo que estive ali, não olhei ao redor. Passamos, às vezes, uma vida toda esperando por algo ou alguém sem olhar à nossa volta – parado no trânsito ou na dinâmica de nossas rotinas. Forço, então, a vista e a obrigo a lidar com a claridade.

Na próxima esquina, um abraço. Um desabafo do corpo. Choro em forma de tato, riso do toque, sinceridade do alívio. Uma senhora de cabelos desbotados embrulha com seus braços manchados outra tão mais nova. Beija-lhe a testa e, nessa troca, brilham mais que o próprio sol, o qual, tímido pelo espetáculo, esconde-se atrás de uma nuvem e deixa de incomodar.

A placa do carro de onde saiu a jovem recém-chegada é de outro estado. Mato Grosso do Sul. Naquele abraço, apertaram-se uma contra a outra, como quem diminui o barbante tencionado da distância com própria força.

Deve ser o feriado de carnaval o responsável pelo caos. Eu, que não gosto da folia, culpei o evento de imediato. O calor voltou com tudo. Enquanto derretia por fora, olhei no retrovisor e encarei a esquina que já ficara para trás. Elas derretiam por dentro – riam e andavam de mãos dadas em direção ao carro.

O som dos trios elétricos e os enredos de escolas de sambas silenciaram em meu inconsciente. Aquele abraço destruiu desconfortos. Rompeu o silêncio com som de paz. Vai ver, o caos é, de fato, culpa do Carnaval, mas em toda balbúrdia e confusão mora um pouco de paz.

Olhei aquela fila de carros e, ora aqui, ora lá, uma placa de cidade ou estado distante. O caos não era de folia, mas de reencontro. Um rio de angústia que deságua em abraços como aquele da esquina.

Tanta água evaporou, que choveu. O início de um temporal feito para acalmar nossos desassossegos e fazer fluir esse mar de gente.

Era mês de junho e, na madrugada dos teus olhos, encontrei motivos para voltar

O asfalto que recobre nossa trajetória sempre apresenta rachaduras e, a cada passo enraivecido em direção ao destino incerto e pretendido, abrem-se espaços, brechas a serem preenchidas. O caminho, que ao ser dada a largada parecia tortuoso e monocromático, cimento sob cimento, hoje, para a menina, mostra-se colorido.

As brechas começam, finalmente, permitir que as antigas tulipas vermelhas aflorem. A estrada deixou de ser impessoal.

A menina, que praguejou por tanto tempo a mudança e o período de adaptação, respirou os novos ares de peito aberto. Entendeu, por fim, que, quanto maior a viagem, maior a bagagem acolhida durante o percurso.

As coisas não aconteceram da maneira como esperava. A escrita, sempre libertadora e companheira, soltou sua mão por algum tempo – as palavras precisam de motivos para estar aqui ou ali.

Já dizia Guimarães Rosa, seu amigo preferido, as pessoas são feitas de lembranças, mas estas nada mais são que bagagens, mochilas abarrotadas de momentos que carregamos incansavelmente – lembranças são as únicas coisas, se é que se pode utilizar o termo coisas para designá-las, para as quais podemos empregar inteiramente o pronome possessivo em primeira pessoa.

Respirando em paz, durante um almoço qualquer de um dia comum, mas na companhia de olhos rasos que transbordam amizade, a menina enxergou as estrelas e dissipou os rabiscos, afinal, era hora de voltar e estar além.

Junho sempre fora seu mês preferido, por motivos que se transformariam ao longo dos anos. Quando criança, esperava o presente no dia do aniversário; na adolescência, aquele parabéns especial que sempre chegava minutos antes da meia-noite do dia seguinte e, hoje, não espera, mas faz do seu mês o melhor dos doze que vive e revive incessantemente. Junho era o mês de voltar.

No último domingo do ano, choveu

Quando escolhemos sair de casa, ganhamos vida dúbia. Uma escova de dentes aqui, outra lá. Duplicamos tudo aquilo que nos parece essencial, inclusive o coração. No começo, lembro de voltar para a cidade natal em todos os finais de semana. Com o tempo, as visitas tornaram-se mais espaçadas. Aquele constante ir e vir começou a deixar sinais de cansaço.

Dentre todas as mudanças internas e externas causadas por esse existir duplicado, tem uma que dói mais: as rachaduras na redoma daquele quarto que foi nosso solo sagrado durante a infância e adolescência. Tudo começa quando esvaziamos o guarda-roupas, deixando ali somente as peças que sempre ocuparam o fundo das gavetas. Depois, esgotamos as estantes e levamos para a nova casa grande parte de nossos livros, para que estejam sempre próximos nas urgências literárias. O quarto, de repente, faz eco.

Anos após a partida, aquele cômodo vira imã para tudo o que atrapalha na casa. Uma caixa no meio do caminho, um eletrodoméstico antigo ou aquela velha máquina de costura. Tudo converge para o seu quarto, aquele que já não embala o sono de ninguém na maior parte dos dias.

Um amigo me contou que ao chegar na casa dos pais para comemorar as festas de final de ano, encontrou uma academia, com bicicleta e esteira, naquele espaço que costumava ser seu. Como quase nunca retorna para casa, decidiram aproveitar o cômodo e colocaram-no no quarto de visitas. Ali, a redoma não rachou, explodiu. Deixou de existir. Quem não tem quarto em uma casa, é, afinal de contas, visita. Ele não mais fazia parte da alma daquele lar com sua presença sazonal.

Gavetas são coisas muito particulares, como os olhos de Capitu, que Bentinho assim definiu: "Traziam não sei que fluido misterioso e enérgico, uma força que arrastava para dentro, como a vaga que se retira da praia, nos dias de ressaca. Para não ser arrastado, agarrei-me às outras partes vizinhas, às orelhas, aos braços, aos cabelos espalhados pelos ombros; mas tão depressa buscava as pupilas, a onda que saía delas vinha crescendo, cava e escura, ameaçando envolver-me, puxar-me e tragar-me."

As gavetas são moradas de lembranças de uma vida unificada, anterior aos dias de cisão que vieram com a partida. Nelas encontramos memórias materializadas. Arrastam-nos, tragam-nos e puxam-nos para um tempo que já não lembramos mais. Neste último domingo do ano, choveu. Talvez porque eu tenha decidido abrir as gavetas e notei, de pronto, que já não reconheço esse cômodo como totalmente meu. A minha ausência fez dele solitário. As águas da chuva e das lágrimas inundaram as ruas do meu ser. Gavetas de ressaca, agitaram as ondas e as fizeram avançar sobre a faixa de areia que me mantém segura de certos medos.

Ao final de mais um ano de uma vida duplicada, assumo: o maior medo daquele que parte, é não ter um espaço para quando voltar. É visualizar a dissolução do seu eu naquela casa pela distância espaço-temporal. Respiro aliviada e, em seguida, penso: por mais quantos anos essa redoma vai aguentar?

Da mente

Na minha calçada, tem espaço para a flor do outro morar

Segunda-feira é dia de tirar o lixo. Colocar para fora todas as embalagens vazias que empacotaram as doses de aconchego do final de semana. Meu prédio não tem elevador, o que deixou de ser um incômodo e fez das escadas as domadoras da minha ânsia de chegar. Desci carregada de sacos pretos. Seis lances de escadas. Na metade, comecei a escutar a discussão. A vizinha do primeiro andar batia boca com a moradora do segundo. Desacelerei os passos.

– Isso é um absurdo! Não quero sujeira sua em minha varanda!

Imaginei que a moça do segundo andar, com preguiça de enfrentar o frio preso nos degraus, pudesse ter despejado os aconchegos de seu próprio final de semana na varanda de baixo. Diretamente. Sem pudor.

Sentindo o peso dos sacos plásticos em minhas mãos, compreendi a fúria da outra moradora. Nossos restos e resquícios são nossa responsabilidade.

– Mas são só algumas folhas levadas pelo vento, senhora.

Custei a acreditar. A moça do segundo andar tem um vaso de Antúrios. Vez em quando, coloca suas flores avermelhadas do lado de fora para alegrar os olhos de quem chega. Com o tempo frio e seco, algumas de suas folhas vistosas soltaram-se do caule e voaram livres para qualquer lugar, causando atrito com a vizinha do andar de baixo.

Pensei no desperdício que é engaiolar o voo de fragmentos de vida verde em sacolas monocromáticas como aquelas que me cortavam os dedos. Continuei o caminho e, chegando ao térreo, lembrei-me de outra história semelhante àquela.

Um filhote felino precisava, com urgência, ser adotado. Alguém disse que não poderia abrigá-lo porque seus pelos sujariam suas roupas. Sobrava-lhe tempo e espaço. O problema era, mais uma vez, essa tal sujeira que não encontra seu lugar no mundo – não era lixo, quiçá luxo.

Qualquer aproximação gera resquícios. Convivência deixa rastros. A planta que solta suas folhas, o gato que deixa um manto em cada superfície, o ipê que forra a calçada de casa, o amigo que discorda em uma discussão, o amor que diverge no gosto musical, a família que não segue a mesma ideologia.

De vassoura e pá a postos, empurramos o que nos incomoda para o interior de qualquer saco preto. Não sabemos lidar com rastros.

A senhora do primeiro andar sabe que as folhas têm sua beleza. Não são lixo. Não pertencem ao recipiente mal cheiroso do canto da garagem. Mas as folhas são resquícios do outro e, nos dias de hoje, custa-nos a aceitar fragmentos de vida que não nos pertencem.

Uma folha, uma flor, um pelo, uma ideia, uma opinião, um gosto. Tudo é sujeira quando adentra nosso espaço sem permissão. É lixo quando nos incomoda.

Dentro do saco preto, misturados às embalagens vazias, rastros e resquícios são encoberto pelo chorume da individualidade nossa de cada dia. Quanto desperdício! Na minha calçada, tem espaço para a flor do outro morar.

A chave

A chave para adentrar no universo da escrita, da leitura de sonhos reais, impossibilidades possíveis, não é como aquela pendurada no bolso do vestido florido de sua avó; ou aquela pequenina e arredia, que sempre desaparece quando sua mãe sai para o trabalho.

A chave não é feita de nenhuma liga metálica, não é dourada ou colorida. A chave, não visível, reveste-se de compreensão.

Quando você começar a enxergar e sua compreensão lhe permitir perceber que ler é muito mais que unir formas e símbolos, ou encontrar frases e orações; quando você compreender que palavras são mais que simples conjuntos de letras e, por fim, estar clara a imensidão de uma história de poucas ou muitas linhas; é nesse momento que você, assim como as próprias palavras, atingirá a maioridade literária. Maioridade com maturidade, independentemente da rima.

A maioridade é só mais uma das tantas classificações humanas para dividir fatos e temporalidades subjetivas. É só mais uma das tantas tentativas de organizar aquilo que não é organizável. Subjetividades que concentram toda sua beleza em sua bagunça, mistura de cores.

Não há idade numérica exata para compreender a escrita e o sentimento real que ela proporciona naquele que a aceita como parceira de dança. Só é preciso compreender.

A fechadura, muito mais que um simples vazio numa forma de madeira, pede que, antes de desejar abrir um espaço, haja abertura para compreendê-lo.

Leitura que é só lida não tem magia. As crianças, desde cedo, são apresentadas à uma leitura feita pra ser lida, encarando-a como obrigação.

Leitura, seja nessa ou em qualquer história, tem que ser prazer. Ao contrário do que muitos dizem, as pessoas leem muito. Leem, mas permanecem na superfície. Não mergulham. Leem e não enxergam o encanto por trás da penumbra de pressa e impaciência.

Leitura tem de monte. O que falta é compreensão.

Precisamos falar sobre Schopenhauer: ser mãe não é obrigatoriedade feminina

Traçaram o meu caminho antes mesmo de eu nascer. Quando minha mãe saiu da sala do ginecologista sabendo que seria uma menina, logo imaginou a decoração do meu quarto. Comprou o primeiro vestido assim que deixou o consultório e já imaginou todo o meu futuro pela frente, enquanto eu estava ali, presa naquele líquido amniótico.

Quando nasci, todos os meus familiares já esperavam ansiosos pelo primeiro passo. Quando andei, pelas primeiras palavras. Eles gostam de antecipar os fatos na vida de uma criança. Principalmente, porque, dessa forma, conseguem ter o controle sobre todos eles.

Eu mal tinha saído das fraldas e todos já sabiam que eu frequentaria a escola cheia de penduricalhos nos cabelos. Ninguém me perguntou se aquilo incomodava. Simplesmente equilibraram borboletas e laços delicados demais. Enquanto os meninos brincavam alegremente no pátio da escola, as meninas, em sua maioria, permaneciam sentadas eretas. Todo esforço do mundo para não desmanchar o penteado tão bem elaborado pela mãe antes do horário escolar.

Quando minhas pernas ficaram grandes demais para o colo, fecharam-nas para sempre. Cruzá-las sobre a cadeira tornou-se pecado mortal. Menina não senta de perna aberta, eles disseram.

Para completar o processo de educação corporal, eis que surge uma sacola em minha cama. Dentro dela, um amontoado rosa. Collants, meias, saias e shorts. Já era hora de começar o *ballet*. Controlaram meus cabelos em coques apertados e agora paralisaram minhas pernas em movimentos precisos e impecáveis. Falhei, é claro. Não consegui um espacate. Gostava mesmo era de assistir às aulas de karatê que começavam logo em seguida.

O primeiro sutiã, a primeira maquiagem. Aliás, o primeiro batom foi presente daquela tia que nunca aparecera até então. Eu, vivenciando o mundo com pouco mais de um metro de altura, erguia os olhos e, silenciosamente, questionava: Quem foi que disse que eu gosto dessas paletas de sombras em formato de coração?

As formalidades são comprimidos enormes que engolimos sem um copo d'água. A seco. Eles não se preocupam e nunca se preocuparam com individualidade e singularidade. É só ver uma vagina no ultrassom e já presumem nossos gostos e aparência. Maquiagem a gente joga no lixo. Mas como fugir dos contratos sociais?

Eles disseram que é preciso constituir família. E, a cada Natal, fazem questão de nos cobrar a data do casamento que nunca chega. Disseram também que a maternidade é um dos momentos mais belos da vida de uma mulher. Fizeram-nos carregar o peso de parir ao menos um filho por vida. É por essas e outras que precisamos falar sobre Schopenhauer.

Em 1851, o filósofo escreveu um de seus textos mais famosos, a fábula do porco-espinho: "Num dia frio de inverno, alguns porcos-espinhos se juntaram para se aquecerem com o calor de seus corpos. Mas logo viram que estavam se espetando e se afastaram. Ficaram com frio de novo e se juntaram, ficando entre dois males até descobrirem a distância adequada. Assim é na sociedade, onde o vazio e a monotonia fazem com que os homens se aproximem, mas seus muitos defeitos, desagradáveis e repelentes, fazem com que se afastem."

Schopenhauer mostra sua fria visão dos relacionamentos humanos: quanto maior a proximidade entre dois indivíduos, maior a probabilidade de eles se ferirem mutuamente. O que nos resta? Enfrentar o frio da solidão ou aceitar, em busca de calor, as invasões que nos espetam com a proximidade?

Os espinhos da mulher nem sempre foram tão pontiagudos. Eram aparados diariamente. Nosso mundo foi, desde sempre, invadido por outros porcos-espinhos. Nunca machucamos aqueles que ultrapassaram as barreiras e ditaram as regras que deveríamos seguir. Porcos-espinhos domados. Aceitamos, encolhidas em nossas próprias vontades, a maternidade como obrigatoriedade feminina.

Numa lista de itens que farão parte da decoração do

quarto da filha mulher, a mãe já imagina seu vestido de noiva e nome do futuro neto ou da futura neta. Nascemos com os padrões estéticos em uma mão e a o título de mãe na outra. Nunca nos perguntaram se desejamos as transformações que ocorrerão em nossos corpos. A recusa de uma mulher à maternidade parece ser a maior ameaça visível à continuidade das famílias. Mulher que não enxerga na maternidade o ponto alto de sua existência vira sinal de mau presságio. Mas nossos espinhos começaram a crescer.

Cansadas de buscar aprovação e calor no olhar do outro, muitas mulheres escolheram afastar-se das normas e abrir mão do título que lhe impuseram desde o nascimento. Ganharam coragem suficiente para assumir que a gravidez as assusta. Soltaram a voz para afirmar que a maternidade, aos seus olhos, é sinônimo de futuro restrito, monopolizado pela servidão ao filho.

Conheci, certa vez, uma mulher de trinta e poucos anos. Quase quarenta. Quando completou uma década de tratamentos em clínicas de fertilidade, desistiu. O marido ficou incrédulo. Ela quis desistir. Disse que nunca parou para pensar sobre filhos, uma vez que essa ideia lhe parecia tão intrínseca. Nasceu com a opinião lapidada. E viveu grande parte da vida com o peso da culpa por sua infertilidade. Quando deu por si, percebeu que gostaria de dedicar sua vida a outra atividade. Sua profissão pedia que viajasse muito. Abriu mão de ser mãe e, com seus espinhos afiados, afastou qualquer sinal de preconceito ou julgamento mal elaborado.

Schopenhauer estava certo quando disse que quem tem muito calor interno prefere se manter afastado da sociedade para não dar nem receber problemas e aborrecimentos. Quando assumimos uma posição contrária, os porcos-espinhos se afastam. É difícil engolir uma família que não estampa propaganda de margarina. A aprovação do texto que define família como a união entre homem e mulher pela Câmara dos Deputados é a maior prova disso. Mas, mulheres, nós temos calor de sobra para diminuir essa proximidade que se confunde com invasão. É preciso soltar os espinhos e ganhar espaço para tomar uma decisão que diz respeito ao nosso corpo. Propriedade privada.

Eu quero ser mãe. Não é um sonho, mas um desejo que ainda não se apagou dentro de mim. Pode ser que se apague. Pode ser que inflame. Não tenho pressa. E não tenho medo de mudar de ideia. Meus espinhos desabrocharam em sinal de coragem.

Não nos perguntaram se queríamos borboletas no cabelo ou se ganhar maquiagem no começo da adolescência nos faria feliz. Éramos porcos-espinhos tímidos. Hoje, não mais. Hoje vão ter que nos perguntar se queremos ser mães e aceitar de uma vez por todas que a maternidade não é e nunca foi algo obrigatório e essencial na vida de uma mulher. Só o é se quisermos e desejarmos essa experiência.

Pensamento é tesouro de um só

No caminho da vida, a alma encontra outras mil e, raras as vezes, o encontro é forte o suficiente para carregar a marca da batida mesmo quando a estrada da outra trilha para além-olhos, lugar que não se vê daqui.

Algumas dessas almas que nos atropelam têm passos lentos, percorrem grande porção do caminho ao nosso lado; outras, apressadas, correm para o além-olhos e, quando olhamos para o lado, só respiramos o rastro da poeira deixada por sua partida.

A velocidade dos passos daqueles que entrelaçam seus dedos com os nossos em algum momento da trajetória é imprevisível, assim como o conteúdo da caixa lacrada que ela carrega como bagagem logo abaixo dos cabelos e, em alguns momentos, sob o peito, acompanhando o vai-e-vem do pulsar do coração.

A caixa que, de tantos pensamentos, transborda pelos vincos, é fábrica de surpresas – mistura heterogênea de quereres, gostares, pensares, amares. E, mesmo que o outro abra uma fresta para que espiemos o mundo de sentimentos que existe em seu interior, ainda assim seria impossível abraçar o infinito de memórias que ela carrega.

Pensamento é o eu-abstrato. Eu que não se pode ver.

E, por ser eu, primeira pessoa do singular, não satisfaz a curiosidade do plural.

Por muito tempo quis saber o que tinha dentro da caixa daqueles que esbarravam em mim e, por muitas vezes, dei de cara com um cadeado maior que minha intromissão – muitos dos quais tentei arrombar à força.

Caixa de pensamentos com cadeado quebrado perde o encanto. Sorte daqueles que descobrem que a curiosidade é o que mantém a vontade de deixar o outro caminhar junto.

Não dá pra saber se esse outro deseja entrelaçar os dedos com os seus na mesma intensidade que suas mãos desejam ser conduzidas, assim como não podemos prever quão rápidos serão seus passos – caminho de surpresas, mas são elas as responsáveis pelo encantamento: o não saber o que está por vir e seguir juntos, vencendo o medo a cada passo, para o além-olhos de dois – lugar que não se vê daqui.

Mas, para quem vai junto, não existe mais aqui, só o lá.

Regras da boa convivência moderna: é proibido papear com o porteiro

Quando decidi sair de casa e enfrentar a odisseia de morar sozinha, não imaginei que, pelo percurso, seria curada de uma cegueira que acomete a muitos olhos. Com 17 anos a gente carrega bagagem pequena. Decidi alugar um apartamento de um só. Lugar unicamente meu. Lembro-me perfeitamente do primeiro instante que me vi ali, parada, frente à porta que meu pai acabara de fechar. O meu maior medo era não saber qual ônibus pegar para ir até a faculdade no primeiro dia de aula. Dormi de olhos abertos, repassando, mentalmente, o mapa ribeirão-pretano que havia recebido no ato da matrícula. Os ponteiros ainda precisavam trabalhar por duas horas inteiras, mas eu já estava de mochila nas costas. Meu prédio não tinha elevador. Desci os quatro lances de escada a passos largos. Receosa. Na portaria, uma máquina de refrigerantes, daquelas que ainda aceitam as já inexistentes moedas de um centavo.

Durante a mudança, a máquina de refrigerantes foi o que chamou minha atenção. Brilhava à noite, ofuscando o vidro do lado oposto. Vidro este que escondia o que aquela portaria tinha de mais precioso: o ser humano responsável por minha segurança. Olhei em direção àquele insulfilme sem rosto e meus olhos gritaram por socorro. A janela da guarita abriu e, junto dela, abriu-se um sorriso. O porteiro logo fez questão de perguntar se eu precisava de alguma informação. Foi o Marcos quem me ensinou a tomar o ônibus. Ele também me contou qual era o melhor e mais barato lanche da cidade e alertou sobre os bairros perigosos. Conferiu se minha porta estava fechada das primeiras vezes que deixei o apartamento para passar o final de semana em Catanduva e me deu broncas pelo vazamento da pia da cozinha, que eu nunca tive tempo suficiente para arrumar.

A última lembrança de Ribeirão é feito foto. Dentro do carro carregado de mudanças e memórias, olho para trás e vejo aquele que foi meu lar. O Marcos estava lá. E foi o último a me dar tchau. Ciclo completo.

Em Bauru, não tinha máquina de refrigerantes e, logo de cara, olhei para dentro da guarita. Eu já sabia como pegar ônibus e muitos medos já haviam sido curados pelo tempo. Mas os porteiros, ainda assim, apontaram os melhores encanadores quando o cano estourou. E, depois de três anos, ainda me lembram o dia de pagar a conta de luz.

Notei, então, que meus olhos enxergam melhor do que aos 17 anos. Fui curada da cegueira que nos impede de ver por detrás de vidros de guaritas e máscaras sociais

– algumas profissões devem continuar invisíveis. Fui curada e, desta cura, não há volta. Enxergar é amontoar dores, cores e sabores emocionais.

Hoje, ao entrar no elevador, decidi ler as novas regras do condomínio. No meio de tantos absurdos e privações, eis que me deparo com tal norma:

"Não levar assuntos pessoais aos porteiros e funcionários do edifício. Permanecer na portaria somente o tempo necessário. As conversas com tais funcionários atrapalham suas atividades."

Acredito que a segurança está intimamente ligada à confiança. E onde já se viu criar confiança sem conversa? Conversa de fim de tarde, alívio de um dia corrido. Relatos de experiências, medos compartilhados. Imitação dos diálogos debruçados em muros voltados para as calçadas, como na época em que o portão era do tamanho de nossos receios: pequenos.

Passei pela portaria e ganhei um cumprimento acanhado. Postura de quem segue as regras, mas olhos que gritam por socorro, como os meus gritaram anos atrás.

Ao final das regras: "Faça sua parte para que todos possam ter uma boa convivência". Quanta incongruência! Boa convivência é sinônimo de riso regado a café e, se não for possível compartilhar de tal acompanhamento saboroso, fazer do bate-papo, ainda que rápido e efêmero, o tempero alegre dos dias.

Cheguei à triste conclusão: um condomínio nunca poderá ser lar. Um condomínio preocupa-se com leis e mandamentos. Cada um no seu lugar, como deve ser.

Lar é diferente. Todo mundo ao redor da mesa, seja da família de sangue ou do coração. Sem divisórias.

Regra para que vizinhos não se conversem nem precisa tomar espaço do quadro de avisos, a prosa há muito não existe. O elevador, metálico e frio, desprovido de proximidade. Encontrava na guarita um gostinho de lar. A partir de hoje, não mais.

O síndico, ou quem quer que tenha redigido aquele quadro de avisos, deve ter tara por organização – assim como muitos gestores e empresários. Inquietam-se quando algo ou alguém não cumpre à risca o planejado na descrição das funções de seu negócio. Porteiro é para abrir portão e vigiar. Condômino é para morar. O "bom dia" é liberado, mas, se não fizer questão, não faz parte do quadro de obrigações a serem cumpridas. Faça sua parte. Sua parte não é todo. Sua parte é o que importa.

Estamos à mercê de um sistema que, de tanto se importar com produtividade, esquece da matéria-prima: a essência humanística que ainda resiste em cada um.

Quando um toque de gratidão vale mais que o sucesso inalcançável

Nunca fui amante íntima de textos filosóficos, muito menos defendi com unhas e dentes o conjunto de escritos de filósofos e pensadores limitados por seus nomes de batismo e títulos de publicações. Alguns aqui, outros acolá, marcaram vivências e transformaram perspectivas. Retalhos soltos, matéria-prima para a tecelagem da colcha do meu próprio eu. Mas um trecho de santo Agostinho, particularmente, pegou-me ainda enquanto estudante do ensino médio e caminha ao meu lado na tomada de decisões até hoje, no quase-fim do ensino superior.

Eis o trecho: "Algumas coisas são para serem fruídas, outras para serem usadas, e outras ainda há que são para serem fruídas e usadas."

As coisas úteis existem para alcançar ou produzir aquilo que se deseja. Ferramentas com finalidades definidas para diminuir o caminho entre o desejo e sua realização, estão aqui e ali para que tenhamos possibilidades.

Por outro lado, há aquilo que existe para ser fruído e para nos dar prazer.

Diante de tantas mudanças, o questionamento sobre quais rumos tomar mostra-se presente dia após dia. O princípio de realidade insiste em bater à porta. Esmurrá-la. Como um carrasco de filmes medievais, carrega a caixa de coisas úteis.

Uma vez que é convidado a entrar, o princípio da realidade, transvestido de carrasco, abre sua maleta e nos obriga a amar aquilo que é para ser usado. A exaustiva jornada de trabalho, os inúmeros certificados pendurados na parede, a imensidão do currículo Lattes. Desejamos tudo o que existe para ser usado e, quase que de repente, esquecemos da existência das coisas que existem para serem fruídas.

Até o dia em que nossos olhos, cansados da inércia de permanecerem fechados, abrem-se ao sentirem o cheiro de orégano da pizza recém-assada. Despertam ao sentir o aconchego de um abraço, o barulho do mar. Faíscam ao encontrar outros olhos, dos quais havia fugido – sempre tão ocupado com as coisas úteis. Descobrem e relembram aquilo que não tem utilidade alguma, coisas que amamos por causa delas mesmas e não por sua finalidade.

Inutilidade é uma palavra assustadora, quase uma sentença de morte. Mas santo Agostinho, em apenas duas linhas, me fez perder o medo do utilitarismo que guia nossas vidas.

O medo era de me desprender dos objetos conhecidos pelos usos que têm. Um trabalho divido em turnos, manhã e tarde, é ferramenta para que o dinheiro caia na conta no final do mês. Assim como faca corta, o trabalho alimenta. Mas comer está distante de saborear. É preciso sentir os gostos, temperos e sabores. Degustar a vida.

É preciso, acima de tudo, apegar-se, também, às coisas que dão prazer sem ter nenhuma utilidade. O famoso "doar-se para receber nada em troca".

Fomos acostumados, enfim, a enxergar o trabalho como algo para ser usado. Ferramenta para atingir um objetivo, muitas vezes figurado em um distante Sucesso. Sim, com letras maiúsculas, pois senta-se no topo de uma montanha distante, imponente, dando-nos chicotadas quando desviamos o olhar de sua direção.

Corri para o lado oposto e, enquanto desviava das chicotadas do Sucesso para chamar minha atenção e do carrasco da realidade que me seguia com afinco, entendi que trabalho não precisa, necessariamente, ser ferramenta. Pode morar junto das coisas que são para serem fruídas, além de usadas.

Hoje, santo Agostinho fez-se presente. Confirmei minha teoria e respirei aliviada. Navegando em um mar de insegurança sobre o que virá a seguir, ganhei um remo extra para continuar driblando as ondas. Ao entregar um trabalho final, não recebi *feedbacks* formais ou fui posta em um tribunal da inquisição – no qual erros e acertos seriam contabilizados, recebi gratidão.

A senhora, que agarra com força o pouco-pouquíssimo de visão que lhe resta, recebeu um CD com a gravação de um livro que havia pedido. Ela iria ler com os ouvidos. Viajaria pela nossa voz.

Não apontou erros. Não pressionou. Não me disse o que era preciso melhorar. Mas tocou-me com suas mãos, olhou-me nos olhos e, com uma sinceridade quase totalmente escassa no mundo, agradeceu.

Quando o trabalho deixa de ser ferramenta, o retorno deixa de ser *feedback* e uma planilha de metas a serem cumpridas. O trabalho, quando vira coisa feita para fruição, não engrandece a conta bancária com muitos dígitos, afinal, deixa de ser útil aos olhos da sociedade, mas infla a alma. Recebemos, em compensação, coisa rara: a gratidão daqueles que atinge.

O Sucesso ficou ainda mais distante no topo de uma montanha fria e inescalável. Mas o toque da senhora que me agradeceu estava perto, quente como uma manhã de verão. De hoje em diante, não me resta dúvidas: deixo o encontro com o Sucesso para aqueles que preferem as longas e solitárias jornadas de *feedbacks* e reuniões. Eu quero trabalhar com aquilo que me aquece e receber, em troca, coração, além de pão.

Santo Agostinho estava certo, existem coisas que são para serem usadas, mas sem esquecer de que são, também, para serem fruídas – o trabalho é a maior delas.

Um brinquedo, repetições e a vida como ela é

O fim e o começo nunca andam só. Estão sempre de mãos dadas, caminhando tranquilamente rumo à eternidade. Eles precisam um do outro para existir. Sem o fim, não há começo. E, se o começo não se torna real, o fim, consequentemente, não poderá, mais tarde, entrar em cena.

Feito a bailarina de Andersen que, com suas sapatilhas vermelhas, nunca parava de dançar, fugimos incansavelmente de um possível e temporário estado letárgico dos acontecimentos da vida. Mal chega o fim, logo queremos um novo começo – não há espaço para ser inerte. Todos calçamos as sapatilhas vermelhas de Andersen.

Enquanto esperava minha senha apitar no guichê do banco, decidi assistir à brincadeira repetitiva de uma criança da fileira da frente. O menino, tão pequeno, conseguia, sem saber, uma demonstração prática do que é essa longa caminhada que costumamos chamar de vida. Em suas mãos, um cano de metal e uma bola do mesmo material. A brincadeira era, em partes, simples: colocar a bola em uma das aberturas e fazer com que todos os obstáculos fossem vencidos, até fazê-la sair pela abertura oposta. Nas primeiras vezes, o menino sentiu dificuldade em conduzir a bola por todo o seu percurso. De tanto repetir o movimento, entendeu qual era o jeito correto e menos penoso – começava e terminava sem a fadiga do início.

Acompanhei seus movimentos até perder a conta de suas comemorações e novas tentativas. O apito da senha no guichê me fez despertar. Fui atendida e, ao sair, o menino ainda estava lá. Repetindo os começos em busca de finais vitoriosos – mimetizando, primorosamente, o nosso acostumar.

Diante de tantos começos e finais, a gente se acostuma a jogar o jogo da existência. Acho que, dessa forma, somos capazes de nos acostumar até com a perspectiva esmagadora da morte.

A gente só não se acostuma com o tempo necessário para que ocorra o encontro de um final e um novo começo. Não permitimos que o fim e o começo apaixonem-se um pelo outro no seu próprio tempo – criando laços que os fortaleçam. O fim mal tem tempo de flertar com novos começos e logo lhe impomos aquele que, pela nossa perspectiva, parece ser o melhor.

E, assim, como a bola de metal que me hipnotizou durante a espera no banco, começamos e terminamos incessantemente, na espera de que o próximo fim encontre o começo perfeito para que, final e demoradamente, ocorra o dar de mãos eterno, dentro da luz, como se fosse o dia de todos os pássaros de Sionésio e Maria Exita.

Hoje chegou mais um fim e, com todo o coração, fiz-lhe uma promessa: o próximo começo não será posto em sua frente a fim de causar-lhe mais um tropeço; será escolha sua e virá de mãos estendidas para uma caminhada tranquila rumo à abertura do lado oposto do cano de metal.

Calma, professor

Calma, professor, hoje o som é de aplauso, não de bomba. Eu sei que você está acostumado a levar porrada dentro e fora da sala de aula, mas não precisa se assustar. Os gritos não são para te desqualificar, são para agradecer. Não precisa arregalar os olhos de espanto. Hoje é dia de festa, professor. O clima não anda bom, concordo. Mas é hoje que todos lembram da sua importância. Não quer aproveitar e sentir o gosto de ser valorizado?

Calma, professor, eu sei que, quando colocou para fora o desejo de enfrentar uma sala de aula, seus pais fizeram cara feia. Disseram que essa carreira estava falida. É, professor, pior que encarar um punhado de alunos bagunceiros, é bater de frente com adultos descrentes da educação. Mas você é corajoso, vão dizer. Hoje vai até ganhar presente! Meia dúzia de agradecimentos e uma flor, que logo murchará e trará de volta a realidade que nos fizeram engolir.

Talvez tenham lhe dado um dia no ano para que você consiga respirar. Porque, professor, é sufocante assistir à sua luta. Aliás, como é que você consegue acordar todos os dias com energia para ministrar aulas aos alunos do fundamental e médio que dizem estudar para não ter que acabar como você, dentro de uma sala de aula? Eles sentem pena de você, professor. Apontam as licenciaturas como cursos fáceis. Curso superior de gente que não quer se esforçar o bastante para passar em Medicina.

Dá raiva, né, professor? Quando dizem que ser como você é lamentável. Deus me livre um salário como o seu! Abrir mão de carros de luxos e viagens internacionais pela educação é coisa de gente louca, né, professor?

Acho melhor também não assistir aos telejornais e não gastar o pouco que ganha comprando notícias nas bancas, professor. As manchetes vão embrulhar seu estômago. A foto do Alckmin estampada na primeira página de São Paulo e do Beto Richa no Paraná vão te fazer lembrar de que o giz não é páreo para o gás lacrimogêneo. Vão te fazer sentir o gosto de cola que lhe impede de gritar por seus direitos. É, professor, o governo não se importa com você. No máximo, uma singela homenagem no dia 15 para te fazer calar a boca e esquecer, momentaneamente, dos problemas.

Eu sei, professor, homenagem de um dia não serve para te fazer esquecer das barbáries que não dão trégua. Só você sabe o que é encarar uma classe abarrotada e ter que aceitar mais algumas dezenas de alunos para completar os quadrados de azulejo descascados que ainda estão livres. Mas o Alckmin disse que essa reorganização do ensino da rede estadual é coisa boa. Você reclama de barriga cheia, professor! Olha as caixas de giz que chegaram hoje para você.

É, professor, você tem coração mole. Essas flores e presentes de hoje vão lhe fazer esquecer dos inúmeros descontos absurdos do holerite. Mas não amoleça, professor. Lembre-se de todas as vezes que disseram que dar aula não era motivo de orgulho. Faça questão de não digerir o descaso para com sua profissão. Não caia na armadilha de um dia só, professor. Eu sei que as cartinhas virão aos montes para completar a coleção do ano passado, mas não se contente com isso. Guarde o afeto dos pais e alunos que lhe valorizam, mas não baixe a guarda.

Nunca perca a fé na educação, professor. Eu sei que é difícil. Mas você não está sozinho. Ainda tem gente que te admira todos os dias do ano, professor. Não precisa ficar surpreso! Você conseguiu transformar muita alma e coração com o seu amor pelo ensino e, ainda que tímida, a admiração é bem mais satisfatória que o seu salário, pode acreditar, professor.

Cuspa na cara do governo com educação, professor. Mostre que, mesmo sem os recursos necessários, ninguém é páreo para aquele que escolheu transformar o mundo. Remendar as desigualdades. Cultivar a autonomia. Cuidar dos filhos de todos. Você é guerreiro, professor. Acorde todos os dias e tenha orgulho de quantas mentes engaioladas libertou. Continue lutando com suas armas, professor. Elas são poderosíssimas e, de pouco em pouco, vencerão.

Um dia no ano não é suficiente para você, professor, ainda que lhe empurrem uma homenagem sem glórias pela garganta. A coroa de louros ainda está por vir. Pode acreditar, professor.

Cegos diante do mundo

A garagem do meu prédio faz qualquer um desistir de sair de casa logo após concluída a batalha entre um carro sem direção hidráulica e pilares apertados. Lembrei que o leite acabou assim que tirei a chave do painel. Decidi ir andando. No meio do caminho, uma jovem passeando com o cachorro. O fio que prende na coleira em uma das mãos e o celular na outra. Ela, na verdade, não tinha saído de casa. Não enxergava as ruas pelas quais passava. O cão passeava sozinho. Chegando ao mercado, que é pequeno e recebe sempre as mesmas pessoas, encontrei uma mãe e seu filho. O filho dentro do carrinho, também no celular. Olhos fixos na tela. Lembrei da época de criança. Eu disparava pelos corredores, curiosa para descobrir novos rótulos e convencer minha tia a comprá-los, para que eu pudesse comprovar se o sabor era tão bonito quanto a imagem da caixa. O menino, com o celular nas mãos, não enxergava as prateleiras. Não fazia barulho no mercado. A mãe estava sozinha.

Já no caixa, enquanto esperava minha vez, vasculhei minha bolsa à procura do meu próprio aparelho.

Não encontrei. Devo ter deixado cair no carro enquanto lutava para estacioná-lo. Quatro pessoas na minha frente. Calculei 10 minutos de espera. Todas estavam olhando para tela luminosa. A porta do mercado fica de frente para rua, então, sem escolha, tive que a encarar durante a espera. É angustiante perceber que estamos sozinhos com tantas pessoas ao redor. Passou um sorveteiro. Daqueles que tocam gaita para chamar a atenção da vizinhança. Ele estacionou o carrinho frente aos nossos olhos. Soprou a gaita insistentemente. Ninguém desviou o olhar. Sem fôlego, seguiu o seu caminho. Rumo à outra porta em busca de atenção. Quando chegou a minha vez, comentei que há muito não via um desses sorveteiros na rua. A moça do caixa ergueu as sobrancelhas. Ele passava por ali e, consequentemente, pela minha rua, todo santo dia.

Pensei em quantos sorvetes de groselha, daqueles que deixam a boca toda manchada de vermelho, deixei de comprar por não mais notar o mundo ao meu redor. Podem até inventar um aplicativo que nos ofereça um *delivery* de picolés. Quando a entrega chega, uma notificação com som de gaita dispara no *smartphone*. O que não conseguem, é trazer de volta aquela ansiedade para saber se ainda tinha de milho-verde. A frustração de encarar o interior daquele carrinho gelado e só enxergar um de tamarindo lá fundo. E, ainda assim, gastar as poucas moedas com ele. Sem medo do desconhecido e pronto para se apaixonar por mais um sabor.

Senti falta de enxergar o meu caminho e de ouvir a

gaita do sorveteiro. Coisas reais que existem para além daquela tela que insistimos em venerar. Decidi que o aparelho deixaria de ser extensão de mim mesma, parte vital do meu corpo. Minhas mãos precisam perder a forma retangular que ele as fez tomar. Ele ficará bem em casa. As atualizações deixam de ser urgentes quando se tem um mundo inteiro para admirar.

Cuspa esses padrões, mulher

Essa história é baseada em fatos e problemas reais. Juliana existe. É de carne, osso e alma, como você, que insiste em torcer o nariz ao encarar o espelho e enfrentar todas as suas imperfeições.

Ela tinha um recorte de revista na porta de seu guarda-roupas. Disse não se lembrar de muita coisa daquela época dos 11 aos 13 anos, mas conseguiu evocar perfeitamente os traços e as características do corpo da modelo que habitava seu armário e sua mente. Juliana nem sempre foi assim.

Quando criança, foi diagnosticada com obesidade infantil. Apesar de não ter problemas com seu corpo, a sociedade insistia em calcar os sonhos daqueles que se encontravam acima do peso. Chegou o grande dia! Juliana pisou em um estúdio fotográfico pela primeira vez. Ela, finalmente, ia escolher seu animal predileto e posar para a fotografia que imitava uma famosa campanha publicitária. Mas o leão e seus amigos mais desejados não serviam em Juliana. Para o tamanho dela, apenas a roupa monocromática do gambá, um animal que ela nunca cobiçou ser.

Pesando mais de 80kg, a menina iniciou a rotina de visitas à nutricionista. Começou a crescer dentro dela a preocupação da mãe. Ela tinha que emagrecer para evitar a hipertensão, um problema já sedimentado na família. Criança gosta de correr solta, mas colocaram rédeas em Juliana. Fizeram-na ser disciplinada desde cedo.

De pouco a pouco, conseguiu atingir um peso ideal. A pré-adolescência batia-lhe à porta e sua percepção corporal não era mais a mesma. O corpo, antes ferramenta exclusiva do brincar, tornou-se, nesta época, passaporte de aceitação. Em uma de suas idas ao consultório da nutricionista, a menina pensou que podia ir além. A cada quilo eliminado, um elogio de colegas e familiares era acrescentado à lista. Ela não queria estabilidade. Seus ouvidos acostumaram-se com as frases de incentivo.

Quando emagrecemos, somos notadas. Assim como quando engordamos. O problema é que de um lado estão os aplausos, do outro, apenas vaias. Juliana queria ser aplaudida de pé. Encontrou pela casa revistas com promessas encantadoras. Infinitos anúncios de dietas malucas. Aceitou o desafio e iniciou uma busca incontrolável por olhares de aprovação.

Decorou a tabela calórica de todos os alimentos, comprou uma balança e tornou-se vigilante. O comer deixou de ser um prazer e ela esqueceu como era lambuzar os dedos de satisfação.

O nutricionista, ao montar um cardápio, pensa em vitaminas, carboidratos, proteínas. Mas o comer não é ato tabelado. É feito de desejo. Quando visitamos a casa de nossas avós, elas não se preocupam em matar nossa fome. Primeiramente, ambicionam matar-nos de prazer. Rubem Alves dizia que "a cozinha é o laboratório alquímico onde os sonhos, pela alquimia culinária, são transformados em comida", por isso, os sabores são os responsáveis por promover o encontro entre o desejo e a satisfação, a fim de que se abracem e façam amor.

Juliana abdicou dos sabores e temperos, substituindo-os por padrões estéticos que inundavam seus olhos. Não havia mais espaço em seu estômago. Cheio de imagens como aquela que colara na porta de seu guarda-roupas, não mais permitia a entrada do que outrora lhe saciaria.

O processo de identificação estava quase concluído. Pesando 51kg, pouco para sua estrutura corporal de ossos graúdos, a menina introjetara a imagem de uma das tantas capas de revista e, assim, deixou de amar quem costumava ser antes de se empanturrar de arquétipos socialmente aceitos.

Seguia um cronograma rígido. Fazia contas a todo momento. Torturava-se antes de subir na tão temida balança. Décimos tinham o poder de transformar o seu humor. Com 46kg, acostumou-se a sentir fome e deixou de se reconhecer no espelho. Muitas vezes, ao sair do banho e deixar cair a toalha, a garota tentava definir se aquela imagem refletida era sua ou de alguém que não mais conhecia. Nunca chegou à uma conclusão clara, entretanto preferia aquela desconhecida que ouvia um aplauso a cada centímetro de cintura diminuído na fita métrica.

Sua felicidade ficou restrita aos números. Desenvolvera técnicas próprias para confirmar se estava no caminho certo. Como em um ritual, chegava da escola, despia-se e deitava no chão frio de barriga para baixo. Se os ossos tocassem o piso claro de seu quarto, era um dia de vitória. Colocava o pijama ainda no período da tarde. Sem forças ou energia para qualquer atividade além do dormir. Mas reservava ânimo para fechar todos os dedos da mão ao redor do pulso e uni-los, como um cadeado que engaiolava sua vontade de viver.

De tanto picar a carne em pedaços miúdos para ter a sensação de que havia mais comida no prato, Juliana chamou a atenção de seus pais e amigas do colégio. Começaram as brigas. Ela não conseguia entender como é que ninguém valorizava todo o seu esforço para chegar até ali. Enchia-se de raiva e criava camadas de negação.

Sua mãe vestiu-se de desespero. Desejava que todas suas lágrimas derramadas alimentassem o corpo e a alma de sua filha. Arrependeu-se, de repente, de todas as vezes que a repreendeu pelos doces devorados. Sentiu saudade da paixão que a filha tinha pelo açúcar. Pediu aos céus que pudesse adoçar novamente a vida daquela que ocupava grande parte de seu coração. As visitas à nutricionista foram retomadas.

Mas Juliana resistiu. Logo na primeira consulta, recebeu a notícia de que estava anoréxica. Enquanto estava sobre a balança, aquela mulher de roupa branca falava sem parar nos riscos aos quais Juliana estava exposta. A menina ensurdeceu. A única coisa que conseguia pensar era que sua magreza causava extrema inveja em quem não a tinha, a ponto de desejarem roubar-lhe todos os aplausos a ela reservados. Saiu do consultório com um cardápio que lhe faria ganhar quase todos os quilos que lutou incansavelmente para perder. Seu esforço seria massacrado pela vontade de seus pais e colegas.

O estado de tensão permanente não arredou o pé e os problemas começaram a se intensificar. Modificações hormonais bruscas. Sono constante. Menstruação ausente. Isolou-se de um mundo que costumava a acolher tão bem. A linha que separa a magreza aplaudida daquela problemática é mesmo muito tênue. As brigas tornaram-se constantes.

Era como um cabo de guerra. Juliana puxava de um lado, o mundo arrastava de outro. Sem forças, cedeu. Vomitou tudo aquilo que ocupava espaço em seu estômago. As capas de revistas perfeitas, comentários que exaltavam o pouco peso, padrões impostos dia após dia por pessoas próximas e distantes. Aquilo não mais faria parte dela. Como aquele líquido translúcido de gosto amargo que sai de nossa boca quando não temos mais o que regurgitar, a menina livrou-se das amarras e, após anos de reclusão, sentiu novamente o açúcar invadir-lhe o paladar.

Juliana não é mais anoréxica. Come normalmente e não tem medo do que seu reflexo no espelho irá lhe mostrar. Mas admite que o distúrbio será seu eterno companheiro. Ainda que de forma tímida, a anorexia permanece ali, rodando seus pensamentos. Ela sabe que não pode descuidar. Como cão de guarda, faz vigia dos portões que limita o espaço do transtorno em sua mente. A anorexia será sempre uma farpa entranhada na carne, sobre a qual cresceu pele que impediu sua retirada.

Libertou-se, cortou os cabelos e fez algumas tatuagens. Juliana hoje não demonstra mais fraqueza. Encontrou inspiração para aceitar a diversificação do corpo feminino. Aprendeu que o amor próprio cura grande parte das feridas abertas pelo preconceito.

Essa não é mais uma história de superação. A trajetória de Juliana tem força suficiente para ir além e se tornar um alerta. Enquanto agências de modelos pisam nos sonhos daquelas que não vestem 36, milhares de meninas perdem a energia por negar o jantar. Sempre que uma revista publica uma matéria sobre as restrições destinadas às mulheres acima do peso, centenas de garotas abdicam do prazer e introjetam preconceito.

Para as que abarrotaram seu interior com padrões estéticos que nunca farão parte do seu próprio eu, cuspam eles para fora e liberem espaço para satisfação de viver em paz consigo mesma. Afinal, ninguém tem o direito de engaiolar a beleza – esse substantivo que só quer voar por entre todos nós.

Bala que mata, desinteresse que cega

Era final de tarde e os olhos da moça do caixa mostravam o cansaço acumulado dos dias. Olheiras refletidas em quase todos que compunham aquela sucessão de humanos abatidos pela jornada de trabalho que acabara há pouco.

Na parede em frente, uma TV ligada em um programa sensacionalista, tão comum na programação atual. A notícia era sobre um policial que disparou quatro tiros contra dois jovens que já estavam rendidos. Entre mim e as imagens da TV, um obstáculo. Uma mulher com seus mais de 50 anos, pelo menos em aparência. Unhas de um rosa metálico, descascado e tão judiado quanto a pele de seu rosto. Carregava junto ao peito um porta-moedas florido, com fecho em forma de coração.

Indignada com os comentários feitos pelo apresentador sobre o fato ocorrido, recorreu à moça uniformizada que passava os poucos itens de sua compra:

– Onde já se viu! Hoje em dia nossos meninos morrem por muito pouco!

A funcionária do supermercado nem se deu ao trabalho de levantar os olhos do leitor de código de barras. Com seu batom vermelho, retocado a cada cliente que encerrava o pagamento, ela simplesmente respondeu:

– Se o polícia atirou, é porque esses meninos estavam armados. E ele fez muito bem. Protegeu a própria vida.

Sem conseguir o apoio desejado olhando para frente, a senhora do porta-moedas florido olhou para trás em busca de um olhar que sustentasse a sua indignação. Um silêncio abafado foi protagonista do momento. Essa à minha frente, tal como mil outras, era mais uma das mães que perderam seus filhos para o tráfico. Não, ao contrário do que pensamos de imediato, o menino não era usuário de drogas. Ele apenas caminhava para casa, quando foi vítima de uma bala perdida. A mulher chegou à cena minutos depois e uma lágrima rolou em sua face como sinal de adeus. Experimentou uma dor até então desconhecida. Até a alma se curvou diante da brutalidade exposta aos seus olhos.

Contendo a raiva e a dor que sentiu, prometera que vingaria a morte do filho e descobriria o dono daquela arma que errou a mira e impediu que o adolescente completasse o seu trajeto. Tempos depois, eis a sentença: um atirador de elite, mirando em um famoso traficante do bairro, descumpriu as ordem de seu superior e, imaginando ser o melhor momento, não quis esperar, atirou. Atirou mais uma vez, para ter certeza de que resolveria aquele problema, acabando, definitivamente, com a vida do homem que comandava o comércio de drogas em grande parte da cidade. Mas a violência de duplo sentido no tráfico não se contenta com apenas uma vítima. A bala do fuzil atravessou o traficante, ricocheteou em qualquer esquina e atingiu o menino.

A matriarca nem teve chance de pisar em um tribunal. O caso foi arquivado.

Mas o sentimento de perda daquela família nunca será sepultado sob as cinzas da memória. Quando se olhar no espelho pela manhã, a mulher, cuja identidade nunca teve lugar de destaque, enxergará uma face surrada pelo imediatismo humano. Uma pressa em querer exterminar os problemas que nós mesmos causamos. Uma pressa que nos impede de olhar o outro como igual. A vontade de encurtar soluções e apostar no que se dispõe para nossos olhos logo depois da ação.

Um tiro, à primeira vista, mostra-se mais certeiro. Entretanto, a morte foi feita para coisas feitas de carne. O tráfico não acaba com artilharia pesada. Não morre. Só quem morre é o filho da senhora do porta-moedas florido.

A mulher do caixa, que presume armamento no bolso dos meninos mortos à queima roupa pela polícia, aqueles que foram manchete do programa sensacionalista, esquece que os ladrilhos do seu caminho poderiam ser os mesmos do caminho deles. Aqueles que acreditam que exterminar um problema social é sinônimo de sangue derramado, talvez não consigam se lembrar de que bala perdida não escolhe peito para se alojar.

Minha avó é analfabeta, nunca foi boa com as letras, mas sabe calcular o troco como ninguém. Apesar da quase inexistente formação acadêmica, é tão sábia que consegue ensinar nas miudezas dos afazeres diários. Sempre disse que, sem infância, crescemos tristes. Não aprendemos o que é, de fato, a genuína felicidade. Aquela mulher do porta-moedas florido, que passava suas compras minguadas no caixa do supermercado, carregava a tristeza em um olhar que buscava a borda, um apoio em um mar de gente. E a tristeza lhe caía bem.

Tristeza que nasceu do abandono. Do casamento precoce. Da mãe que queria vê-la fora de casa. Uma boca a menos para alimentar. Do marido que abusava da hierarquia que ela aprendera a respeitar desde cedo. Da infância que nunca chegou. Das bonecas que não saíram das vitrines de lojas caras e logo foram substituídas por filhos de carne e osso. Os mesmos filhos que fariam o caminho da mira das armas que, por acaso ou por destino, acertaram o peito de um deles.

E quem culpar pelo buraco cheio de pólvora feito na camiseta listrada de um ou pelo buraco repleto do vazio da ausência de outro? Existe alvo certo para rumar a culpa de uma tragédia como essa? Os pais da mulher do porta-moedas florido, que plantaram a semente da tristeza naquelas mãos calejadas? A própria mulher, por não revidar contra o marido agressivo? O menino, por estar caminhando por ali na hora errada?

Enquanto a mulher esvaziava as moedas sobre o balcão metálico do caixa, murchando as únicas flores que ganhara em vida, outra notícia tomava conta do telejornal. Aqueles dois meninos, cujas mortes foram anunciadas há pouco, logo seriam esquecidos.

Ela segurou as sacolas com apenas uma das mãos e despediu-se da funcionária como se fosse uma velha conhecida. Quando chegou a minha vez, eu fiz questão de perguntar se a moça de batom vermelho sabia o nome daquela senhora que transbordava coragem pelos olhos. A funcionária disse que ela ia àquele mercado todas as semanas, quando conseguia juntar alguns trocados para comprar os mantimentos da família. Continuou afirmando que sempre trocavam cumprimentos e alguma prosa, mas que nunca se preocupara em perguntar-lhe o nome. Naquele momento, percebi que a culpa não tinha um único alvo. Pairava sobre a nossa inércia e desinteresse. Aquela mulher não tinha espaço nesse mundo. Era completa estrangeira. Seus filhos também o seriam. A morte de um deles tornaria-se sangue pisado na alma, de tanto esperar a cicatrização.

A culpa era nossa. No plural.

Desculpa, cara, eu sou discreto

Na mesa do bar, três copos de cerveja e apenas um de *vodka*. Quatro amigos conversavam sobre amenidades, planos futuros e assuntos do coração. Na mesa ao lado, como em um reflexo, outros quatro amigos curtiam uma noite regada a *whisky*. Todos com seus copos cheios de pedra de gelo e um pouco daquele líquido cor de âmbar que inebria os lábios de quem o sorve devagar.

David Bowie era a estrela da noite. Todos entoavam suas melodias simultaneamente, abriam os pulmões e, enquanto recebiam aquela fumaça turva dos cigarros de outrem, liberavam gritos há muito ali instalados. Por um momento, o silêncio ecoou. O garçom pegou um microfone falho e anunciou que o toca fitas havia quebrado. Restava o som da rádio pop com seu chiado tradicional ao fundo. Quando Madonna subiu ao palco suspenso no ar, ouviu-se vaias brotando dos copos de cerveja e risos sarcásticos dos copos de *whisky*.

Marcelo, o amante de *vodka*, vibrou. Madonna falou por ele em muitos momentos de sua vida. As letras de suas músicas foram hinos que o fortificaram quando decidiu, finalmente, assumir sua homossexualidade. Quando criança, gostava de imitar a coreografia das dançarinas de TV. Passava horas em frente ao aparelho de som, daqueles com duas caixas enormes, treinando os passos e sonhando em ser reconhecido pelo seu talento. Dançava sempre de portas fechadas, com medo da reação do irmão mais velho. "Seu filho já nasceu boiola", repetia para o pai sempre que Marcelo gesticulava ao falar.

Cansado de tanta repressão dentro de casa, Marcelo trilhou seu caminho na dança, mudou de cidade e sonhou com uma vida em que pudesse ser ele mesmo. Pouco a pouco, destrancou a fechadura e abriu as frestas para um novo mundo. Naquele espaço, podia dançar livremente, cruzas as pernas e transformar as mãos em asas. O garoto, que antes permanecia calado por sentir vergonha de sua voz aguda, notou que era hora de começar a falar e ocupar seu devido lugar no imaginário, no real e no discurso das outras pessoas.

Fisicamente, Marcelo chamava a atenção. Era feito de extremos. Extremamente alto, extremamente magro e extremamente flexível. Imponente por fora e completamente frágil por dentro. Após muitas agressões verbais, chegou a hora que todo homossexual teme – sentir na pele a dor que sempre o acompanhou na alma. Na faculdade, um colega de turma agrediu-lhe fisicamente, pois Marcelo o abraçou quando o viu durante o almoço. "Tá me estranhando? O que você quer?", disse ele.

Socos e pontapés tornaram-se frequentes e Marcelo continuou feito de extremos. Extremamente pequeno, extremamente invisível e, mais uma vez, extremamente calado na sociedade. Sua única saída foi isolar-se nos limites apertados do universo homossexual. Nas aulas de dança, grande parte de seus companheiros diziam-se gays e, por isso, foi ali que encontrou refúgio.

Inclusive, foi naquele espaço que fez amizade com os quatro que o acompanhavam no bar em que reverberava a voz de Madonna.

Por um momento, imaginou-se seguro, afinal, compartilhavam das mesmas angústias e preconceitos relacionados à sexualidade. Desejou ser ele mesmo ali. Quebrar a redoma do medo. Escancarar as frestas de insegurança. Gargalhar sem se preocupar com os movimentos delicados do seu corpo. Fechou os olhos, abriu os braços em sinal de liberdade e acompanhou o refrão de *Miles Away*.

Ainda com um resquício de sorriso nos lábios, encarou os três copos de cerveja vazios. Só restava aquela taça de *vodka* com suco de limão, tão azedo quanto a sensação de exclusão que provara em um gole só.

Os outros três amigos, preparavam-se para ir embora. Culpavam Marcelo por ter despertado riso na mesa ao lado. Poderia ser quatro contra quatro, sarcasmo contra coragem e, até mesmo, preconceito contra aceitação. Entretanto, o placar não deu empate. Da boca de seus companheiros de mesa, Marcelo não escutou palavras de incentivo, apenas um "Desculpa, cara, eu sou discreto".

O jogo, mais uma vez, terminou em 7 a 1 e mostrou que o preconceito ainda mora em todos nós.

Mar de gente

Essa noite sonhei com um mar de gente. Lembrei daqueles 111 tiros disparados no sábado, 28 de novembro. 81 de fuzil e 30 de pistola. Lembrei do Wesley, Wilton, Cleiton, Roberto e Carlos. Nomes sem rosto em meio a tantos outros boiando naquela água escarlate. Lutando para não me afogar naquela imensidão de terror, encontro, em minhas memórias, Hélio, 12 anos, um menino que conheci durante minha primeira roda de leitura na periferia.

Cheguei com medo. Não olhei nos olhos e não quis sentar no chão com medo de sujar a roupa. Ninguém prestou atenção no que eu falei e não consegui fazer com que nenhum componente daquela roda lesse uma só palavra dos livros que levei até lá, os quais foram logo deixados de lado e pisoteados pelo desinteresse. Estava frustrada.

De repente, um grupo de meninos apareceu. Tijolos à mão. Sobre suas bicicletas enferrujadas, rodearam, manejando aqueles pedaços de barro de lado para o outro. Desesperada, decidi que era hora de encerrar a atividade. Fugir para minha zona de conforto. Comecei, então, recolher tudo rapidamente. Foi nesse momento que conheci o Hélio, quando estava pensando em desistir. Ele colocou a mão no meu ombro e eu assustei. Num ato impensado, empurrei-o para longe. Ele gritou para eu ficar calma. Ele só queria ajudar. Chorei. Pensei no que eu estava fazendo ali.

O meu olhar desesperado encontrou o dele. Perguntei o porquê de eles estarem agindo daquela forma. Intimidando. Ele ergueu as sobrancelhas e afirmou que aquela era a forma de todos os dias. Era assim que o mundo agia com eles – intimidava-os. Ele não aprendeu a dar boas-vindas. Aonde quer que chegasse, eram olhos desconfiados que o recebia. Para ele, rodear com tijolos à mão era norma de convívio social. Com 12 anos, ele me ensinou como ser ouvida e me incentivou a perder o medo do chão. Deu dicas: eu nunca conseguiria ler e fazê-los ler se não olhasse nos olhos dele. Foi assim que não desisti.

Nunca mais o encontrei, mas, a partir daquele dia, perdi o medo da poeira das ruas. Nunca mais desviei o olhar. Sempre que me sinto intimidada, não fraquejo. Lembro das palavras do Hélio – a culpa não é deles. É nossa. Nós é que, na maior parte do tempo, os empurramos para debaixo do tapete. Enquanto policiais rodearem suas rodas com cacetes à mão, prontos para espancar sem porquês, eles rodearão as nossas sem também nenhum motivo.

Para eles, a realidade se resume a isso: cinco jovens metralhados dentro do próprio carro. Mais de cem tiros disparados pelos policiais envolvidos. Não se sabe os motivos. Naquele lugar, a vida não tem o mesmo valor.

O dia das mães que ninguém vê

Neuza[1] é moradora da Vila Brandina, bairro da região leste de Campinas. É merendeira de escola estadual há mais de uma década e não se imagina em outro cargo, já que não tem tempo para estudar para os concursos públicos da próxima estação. Os sete filhos consumiram sua vida. Todos do mesmo pai, ainda que o pai não se lembre da cara de todos. Partira antes do primeiro choro do último filho. Neuza peitou o destino e, de tanto encher pratos na escola que lhe garantia salário, encheu também as sete cumbucas que se dispunham em uma mesa de quatro lugares. Fez-se mãe e pai em um só corpo.

A filha mais velha engravidou logo. Foi mãe aos 16 e fugiu aos 17. Levou consigo o bebê em fraldas. Talvez tenha realizado o sonho de brincar com a boneca que nunca teve. Culparam Neuza por nunca ter lhe alertado sobre os métodos contraceptivos.

Restaram-lhe seis.

1. Os nomes foram modificados para preservar a identidade das personagens.

O segundo filho perdeu-se no tráfico. Enxergou uma oportunidade de comprar uma mesa de madeira maciça, na qual coubessem todos os pratos da família sem aperto. Cansara de viver com as asas coladas ao corpo, enquanto dividia um colchão de solteiro com mais dois irmãos. Conseguiu uma grana bacana e puxou o terceiro e o quarto filho pelas mãos. Fizeram uma curta carreira.

Neuza chegou do turno de oito horas, depois de enfrentar um trânsito de três. Encontrou a casa revirada e na vizinhança não falavam de outro assunto: os três filhos da Neuza foram presos. Algemados. Todos assistiram ao espetáculo, menos Neuza. A merendeira custava a acreditar. Trabalhava para garantir-lhes estudo. Sonhava com a universidade que, de repente, virou prisão. Culparam Neuza pelo descaso com os filhos. Disseram que a mulher passava demasiado tempo fora de casa. O trabalho de Neuza colocou-os naquele camburão.

Restaram-lhe três.

O quinto choro que ecoou em seus ouvidos após uma gravidez de risco era de menina. Logo em seguida, o sexto. Gêmeas. Duas meninas idênticas. Olhos claros feito céu de primavera. Costumavam embelezar a casa de cimento batido. Eram as flores naturais que Neuza sonhava em poder colocar no centro da mesa, substituindo aquelas de plástico desbotado.

Pouco tempo após aprenderem a abotoar o primeiro sutiã, descobriram o mundo da prostituição e das bolsas de grife. Não se contentaram com a vida que Neuza podia lhes dar. O amor não comprava sofisticação. Sumiram no mundo sem dar notícias ou paradeiro. Culparam Neuza. Como é que uma merendeira pode ter sete filhos? Gozar é bom, engravida é fácil. Ruim é criar, difícil é sustentar. Neuza era cabeça fraca, sussurrava a vizinhança.

Restou-lhe um. O caçula.

Pedro tinha 8 anos quando viu a casa esvaziar-se pouco a pouco. A mesa de quatro lugares, antes tomada de irmãos, hoje era espaçosa. Comia com gosto o almoço que Neuza deixava pronto na noite anterior. Era independente e seu maior desejo era ser motorista dos caminhões do Corpo de Bombeiros.

Com 14 anos, arrumou um bico para ajudar a mãe. Entregava galões d'água em uma bicicleta. Modelo antigo e enferrujada pelo tempo. Escolheu a cor vermelha em uma das idas ao ferro velho. Imaginava-se apagando os incêndios da vizinhança com a água da garupa.

Certo dia, Pedro tombou. O vermelho que manchou a terra não era tinta descascada do metal enferrujado. Era sangue. O menino fora baleado em um tiroteio irresponsável. Polícia versus traficantes. Não havia bandido e mocinho. Apenas a morte de Pedro. Culparam Neuza. O menino não devia estar na rua para colocar dinheiro dentro de casa. Mãe exploradora. Trepadeira que não segurou o desejo carnal. Parideira que não segurou as pontas e o marido.

Neuza estava sozinha.

No velório, o pai de Pedro, que não chegara a conhecer o menino e não sabia ao certo o nome que Neuza havia colocado na certidão, apareceu. Culpou Neuza. Juntou-se à legião de apedrejadores. Ninguém levou flores, só pedras. Uma péssima mãe não merecia condolências.

Do lado de fora, fez-se uma fila para abraçar o pai e consolar sua dor. Longe do caixão, como sempre estivera do filho, o pai recebeu uma coroa de crisântemos após o sumiço de 14 anos e 123 dias.

A mãe, segurando as mãos geladas de mais um filho que a vida levara, vestia uma coroa de espinhos.

Neuza encontrou a primogênita e acolheu seu neto. Visita os filhos na clínica de reabilitação com frequência. Trouxe de volta as gêmeas. Percorreu todo o caminho com as dores causadas pelo ferrão da sociedade.

Hoje, no "Dia das Mães", não recebeu presente. Os filhos ouviram o conselho da vizinha e foram almoçar com o pai.

A solidão das mulheres incomoda

Duas jovens argentinas foram assassinadas no Equador. Viajavam sozinhas. Estavam vulneráveis, disseram. Faltava-lhes alguma coisa. Mas faltava-lhes o que?

Com 18 anos, decidi morar sozinha. Ouvi, incontáveis vezes, sobre os perigos de estar só. O medo do trajeto solitário do ponto de ônibus até a portaria do meu apartamento era reflexo do medo de ser mulher. Como é que pode uma menina de 18 anos morando sozinha? Faltava-me algo, diziam eles. Mas faltava-me o que?

Minha solidão precoce era tóxica à sociedade. Uma erva daninha que poderia causar estragos aos jardins do machismo. Depois de tanta imposição, fechei as portas do meu singular e aceitei a exigência de viver no plural.

O problema, entretanto, espalhava-se. A solidão feminina não é aceitável em momento algum. Não ande sozinha pelas ruas. Não dirija sozinha à noite. Não vá ao banco sozinha. Não pegue ônibus sozinha. Não vá ao mecânico sozinha. Não trabalhe no período noturno. Não viva sozinha.

Obrigaram-nos a acreditar que nossa solidão é a grande culpada pelas atrocidades que compõem as manchetes dos jornais, como o assassinato de Maria e Marina no Equador.

Anos depois, persisti. Com quase 24, consegui as chaves do meu próprio espaço, mais uma vez. Junto delas, o medo de caminhar com minhas próprias pernas instalou-se em um canto qualquer. Não é indicado uma mulher ficar sozinha naquele apartamento à noite, disseram. Falta-me algo. Mas falta-me o que? A resposta não demorou a chegar. Mulher, quando escolhe a solidão, procura, disseram. E procura o que, pergunto, além da liberdade de viver consigo mesma?

Falta-nos a presença masculina, vão dizer. Um homem para servir de escudo àquelas que desejam voar longe e conhecer a América Latina. Um homem para impedir uma abordagem violenta enquanto caminho do ponto de ônibus à minha casa. Uma figura masculina que me proteja de seus semelhantes e não me deixe estar só, porque a solidão feminina incomoda – e muito.

O medo de que, a sós, o autoconhecimento nos faça descobrir que somos suficientes a nós mesmas, aterroriza a sociedade machista. Afinal, se cairmos na real e percebermos que nossa solidão não é a grande vilã e que somos livres para usar e abusar de nossa autonomia, em qual conta poríamos a verdadeira culpa da violência de gênero que nos sufoca dia após dia?

O ódio ao próximo

Fala-se muito de amor ao próximo, de ódio, pouco. Odiar é coisa censurada. Não faz bem aos olhos do outro. São nos momentos de estresse e pressão que, como bomba relógio, explodimos e machucamos com nossos estilhaços raivosos aqueles que estão nas proximidades. No interior de nossa ambivalência, ódio e amor não se excluem, convivem – e isso me amedronta. Somos capazes de amar e odiar na mesma intensidade.

Dia desses, enquanto dirigia no centro da cidade, senti o ódio derramado por olhos e bocas. Dois irmãos pequenos discutiam em um ponto de ônibus. Disseram que se odiavam e a mãe deu-lhes um beliscão. Os companheiros de espera mostraram-se assustados. Onde já se viu odiar o próprio irmão? Quando o ódio brota no peito do outro, ficamos incrédulos e jogamos terra sobre o canteiro de ira que cultivamos dentro de nós.

Diante do cenário político e econômico dos últimos dias, instalou-se uma inflamação crônica. Inflamação, como bem diz minha avó, que não é médica de saberes, mas cura a alma, é afogueamento. Uma farpa que decide morar no vão dos dedos. Lesiona. Esquenta. Avermelha. Incomoda até fazer transbordar nossa irritação. O ódio é aquele punhado de pus amarelo que escorre quando a pele já não mais suporta a farpa. Sentimento que, como a secreção, é mecanismo de defesa que ninguém gosta de enxergar em si mesmo.

Inflamados como estamos, haja pus para nos defender dessas farpas invasoras que abalam o nosso querer. Ideologias que nos fazem engolir goela abaixo. Decisões que nos deixam de mãos atadas. A ausência de uma oposição política que, como anti-inflamatório, cicatrize a ferida. Feito líquido malcheiroso, o nosso ódio flui pelas palavras, ações e pensamentos. Tentamos, desesperadamente, encontrar argumentos que sirvam de curativos e impeçam que os outros vejam como estamos contaminados.

Tenho medo. E não é medo da Dilma, do Lula, do Aécio e dos coadjuvantes da política brasileira. Não é medo da crise. Tenho medo do ódio que somos capazes de sentir e que, em tempos comuns, é mantido nos limites da cerca da boa convivência. Durante a última semana, emudeci. Assisti à censura do ódio ao próximo ser derrubada. Talvez, a briga daqueles dois pequenos irmãos, daqui alguns dias, não nos assuste como antes. A secreção de cólera abundante que corre em nossas veias pode nos tornar imunes. Possivelmente, pouco a pouco, cuidaremos do canteiro do ódio com a mesma intensidade que cuidamos do canteiro do amor. E falaremos com a maior naturalidade: já odiou o próximo hoje?

Nos últimos dias, odiamos com furor. Esprememos o pus da ferida sem hesitar. Precisamos ter, com urgência, medo da sepse consequente do nosso ódio, que pode nos matar por dentro. E eu pergunto: vale a pena morrer por isso?

Da alma

Amor é janela aberta para o sol entrar

A alma é névoa presa em vitrais e, quando ama, quer escapar por entre as frestas para se misturar com outra, que exala daquele que a recebeu de janelas abertas. Amor é mistura de sopros.

Numa dessas andanças, dei com um senhor que, sentado em sua cadeira, mãos sobre os joelhos, dizia estar esperando a morte chegar. Morrer, para ele, era reencontro. Praguejava por ter perdido as forças das pernas e, ainda assim, permanecer com a memória impecável.

Clarice era o nome dela. Impossível esquecer a grafia e a entonação daquela voz ao apresentar-se pela primeira vez. O som entrou em seus ouvidos sem pedir licença. Instalou-se em sua mente sem que lhe fosse concedida permissão. Conhecê-la trouxe um vendaval que quase trincou seus vitrais. Forçou o cadeado. Bateu forte contra as grades de proteção.

Da segunda vez que a viu, abriu o maior sol. Céu aberto. Ele, protegido pelo *blackout* das grossas cortinas, permaneceu no escuro. Enxergava o brilho dela por entre as fissuras, mas relutou. Não a deixou entrar.

Ela, apesar das tempestades que já inundaram seus cômodos, era janela aberta. Sentia as correntes de ar em seus cabelos. Respirava todo o sopro da alma daquele que olhava tímido pelo parapeito.

Queria engolir cada pedaço de dentro para degustar o doce e o amargo que o outro poderia lhe causar.

Os encontros foram listados até que a voz cansada do senhor, que balançava o corpo para frente e para trás, como o pêndulo do relógio que demonstra o passar do tempo, perdesse o som e, em seu lugar, pudesse ser ouvido um soluço de lágrimas – voz do arrependimento que não sabe escolher as palavras certas para dialogar.

Conta o senhor que suas janelas permaneceram bloqueadas – por dentro e por fora. Clarice chegava com seu vestido que ultrapassava os pés e fundia-se aos ventos. Batia palmas.

– Ô de casa, tem visita querendo entrar. Tem lugar pra eu morar aí dentro desse peito?

A resposta nunca vinha. Bateu palmas até dilatar os vasos das mãos, rios de sangue que adensaram o fluxo por insistência. Um dia, o rio transbordou.

A última vez que sua mão direita encontrou a esquerda produzindo o maior estalo, ele continuou de olhos fechados. Adormecido. O som do despertar não o atingiu.

Ela resolveu então dispersar outras nuvens. Limpar outro céu.

Não precisou voar longe para encontrar uma janela escancarada pronta para receber seu pouso. E pousou.

A vida escoou. Ele cedeu espaço para que outra Clarice, cuja entonação de voz não adentrou para além de seus tímpanos. Essa Clarice pedia licença, por favor, posso enraizar no pensamento? Quem pede permissão, não enraíza e também não amedronta.

E, por segurança, foi essa Clarice cheia de boas maneiras que ele deixou sentar na pontinha da cadeira de sua mesa de jantar, prestes a cair, incômodo, mas sempre como manda a etiqueta.

Aquela Clarice, rastro de vento que escapa pelos dedos de quem tenta refrear, permaneceu quieta naquele parapeito que encontrou ao acaso por anos, até notar que sua janela já começava a apresentar obstáculos para luz, que chegava, agora, opaca aos olhos. Instalou uma cortina de renda, fechou os vidros.

Condensou. Ar transformado em chuva que cai direto no balde, podendo ser contida. Vez ou outra, espiava pelas grades em direção àquela janela do outro lado da rua, já enferrujada por nunca ter corrido os trilhos.

Ambos infelizes. Ela, por ter pousado num galho bambo. Ele, por não ter estendido o galho para que ela pousasse.

Chá das cinco. Ele deu uma rasteira nos padrões e derrubou aquela Clarice sem rosto da beirada da cadeira de madeira maciça. Desfez a mesa. Estilhaçou os bibelôs contra os vitrais empoeirados, rasgou o *blackout*. O cadeado abriu por livre e espontânea vontade. Os feixes de luz começaram a penetrar seu interior, cegando-o e fazendo arder os olhos.

Arreganhou sua janela de uma só vez, ainda que isso lhe custasse toda coragem que reuniu durante toda uma vida.

Clarice, a única que realmente existia em seus pensamentos, sentiu a corrente de ar vinda do espaço aberto. Colocou a cabeça por entre os girassóis do parapeito e, então, enxergou o porto-seguro no qual sempre quis ancorar. Abandonou as penas, revestiu-se de aço. O pousar é breve, ancorar, eterno.

Saiu pela porta da frente, passos firmes, decididos. Quando chegou, janela aberta, não precisou ferir as mãos golpeando-as uma contra a outra, os olhos deles estavam bem abertos; prontos para encarar os dela, estabelecendo laços.

Ele a esperava com bromélias avermelhadas, ainda brotos – as quais só floresceram quando Clarice criara raízes sob a terra do jardim. O tempo permitiu visita breve.

Hoje, olhar perdido, entendeu que é preciso deixar entrar sem medo para viver o amor que finca no peito. Janela aberta é porta de entrada para aquele alguém que já mora do lado de dentro, mas precisa trazer o resto da mudança para ficar de vez.

Invejou Clarice pela coragem de não conferir os cadeados antes de dormir, deixando a brisa ir e vir livremente. Dizia ela que, se o tempo fechar e cair água pra inundar, que inunde – o sol chega em seguida pra secar. Amor, definiu enlaçando os dedos *solitaries*, como se fossem seus e dela, é janela escancarada – confiança de que a casa permanecerá intacta ainda que desprovida das grades de proteção.

Prometeu, enfim, cuidar das marcas daquelas mãos que tanto bateram, mas que ele, sem coragem, fingiu não ouvir. Bastava estagnar o pêndulo, corpo na horizontal. Seguir para além daqui, onde pudesse, finalmente, encontrá-la com as flores que, sem tempo, não enfeitaram seu olhar.

Por um fio

Era sábado de manhã. Abriu os olhos e o dente, ainda de leite, estava ali dançando em sua gengiva. Junto ao balanço daquele que logo não faria parte do seu eu, chegou o medo de perdê-lo.

Passou dias sentindo sua presença, antes nunca percebida. Sua língua, sem querer, encontrava a peça bamba que tantas vezes fizera parte de seu sorriso e, ao encontrá-la, sentia a dor. Aflição de saber que logo tal fio de raiz seria desfeito e aquele pedaço dela seria preenchido de nada.

Espaço vazio circundado de outros que não poderiam substituí-lo. A substituição, que viria com a chegada do permanente, aconteceria no tempo certo. Até lá, espaço desabitado.

Ela poderia simplesmente amarrar o famoso fio ao redor do dente, prendê-lo à porta e arrancá-lo de uma só vez, mas preferia senti-lo em sua boca por mais um tempo, ainda que incômodo. Era bom lembrar que ele estava ali quando tentava comer um dos biscoitos que sua avó preparava para o café da tarde.

Por mais que tivesse se esforçado para que a dança continuasse, sem remédio, um dia ela parou. A cortina de sangue encerrou o espetáculo e, o protagonista, que estivera por um fio, naquele dia perdeu sua última ligação. Jazia ali em suas pequenas mãos molhadas de lágrimas.

Dormiu com seu companheiro de risos sob o travesseiro e, na manhã seguinte, ao passar a língua e sentir o vazio bem na frente da parte superior, chorou.

Com o tempo, foi perdendo todos os dentes de leite e, como era de esperar, acostumou-se com as perdas, ganhando confiança suficiente para saber que o permanente sempre chega, demorando, algumas vezes, mais que outras.

Com a dentição já toda substituída, pensara que o medo da ausência a deixaria em paz e, a partir de agora, nenhum vazio a surpreenderia numa manhã qualquer. Esqueceu-se de que não são só os dentes aqueles a ficarem por um fio, pessoas também são capazes de ser parte do nosso eu e, mais tarde, desligar-se como o fio que cai após uma tempestade, deixando-nos no escuro.

Era sábado de manhã. Abriu os olhos e o coração, ainda leve, estava ali dançando em seu peito. Ritmado. Pulsando a cada pensar. Na noite anterior, houve tempestade. Curto-circuito. O fio soltava faíscas.

Era certo que o melhor a se fazer era livrar-se do filete de cobre que a prendia. Mas, assim como nos tempos de criança, gostava de sentir a passagem de energia, ainda que incômoda.

A tempestade acalmou e ele apareceu, já era hora do almoço. O fio, desencapado, faiscou. Era um risco mantê-lo exposto, tênue entre a junção e o explodir. Não o arrancou de uma vez, lembrou-se de quando deixou o dente ali, titubeando entre o céu da boca e o chão – bambo, por um fio, era o que inteirava uma parte dela.

Mesmo estando ali, luzes chispando desordenadamente fazendo seus olhos queimarem, entendeu que estar por um fio não é, como dizem, caminhar para o fim. O fio, delicado, existe em sua presença. Quando dessa forma, prestes a arrebentar, o caminho mais fácil é cortar a ligação. Estilhaçar qualquer barbante que ligue uma mão a outra.

Ela escolheu o mais difícil – equilibrar-se sobre uma linha fina, fazendo-a carregar todo seu peso, cortando os pés e, ainda assim, segurando as pontas. Como o dente, que encontrava sua língua descompromissadamente, causando-lhe chateação, os pés encontravam o fio que lhe doíam. E tal como o pedaço de leite que deixou de ser seu, o fio era insubstituível; caso cortado, outros ao redor não fariam o mesmo papel.

Enfrentar linha tênue é incômodo, mas não se arrependeu em nenhum momento de estar ali. Dançando e trançando novas fibras para que o cordão adensasse e toda a dor causada aos seus pés fosse permuta para o caminho ameno que viria a seguir. Estar por um fio é, além de dor, estar inteiramente ali.

Passos de dança

Primeiro, o tropeço. Em seguida, a dança.

Uma história sobre como a arrogância, quando ausente, faz o outro querer ser mais.

Ela não sabia sincronizar os pés em passos de dança. Em meio ao salão lotado, grudou as mãos trêmulas na cadeira – eu podia sentir o cheiro de medo mais forte que o aroma de seu perfume.

Ele era um pé-de-valsa, como costumavam chamar aqueles que decoravam o palco com suas extravagâncias.

Foi observando-o dançar que o coração deixou de ser só dela.

Ele, sentindo, dentre todos os olhares de admiração, o dela em evidência, convidou-a para seguir ao centro. Subir na roda-gigante musical e rodar sem notar o redor. No começo, ela resistiu. Não sabia dançar. Sentiu vergonha do não saber.

Ele entendeu. Afinal, em meio aos seus passos elaborados, os dela ficariam perdidos. Não desistiu. Disse, ao ouvido da moça, que, enquanto seus pés a guiassem, as mãos dela seriam senhoras daquela composição.

Privado de arrogância, acompanhou-a pelos caminhos que suas mãos traçavam e, sem que ela percebesse, ele a conduzia. Foi assim que a ensinou a dançar.

E, em passos delicados, como o beijo que lhe foi concedido na segunda música, levou-a por uma nova estrada que prometeram seguir juntos até o fim.

O fim, para ela, chegou primeiro. Hoje, ele, com dois pés, não mais quatro, deixou a extravagância de lado – só rodopia na cama, quando sonha com a imagem dela ali presente.

Num misto de saudade, sente orgulho de si mesmo. Não fosse ele naquela noite ao som do blues de baixa frequência, ela passaria a vida em passos desbotados, sem conhecer a deslumbrante beleza dos passos de dança.

Por um ato dele, modesto e despretensioso, ela quis ser mais.

Sorte daqueles que encontram, num salão de dança ou na vida, alguém que diminua seus passos, humildemente, para acompanhar o ritmo dos nossos, a princípio trôpegos.

Azul é liberdade repousada

Leve mar leve esses medos dela.

Era sempre noite naquela casa de muitos cômodos, todos preenchidos por mobiliários antigos e, em grande parte, sem utilidade. Era escuridão ainda que os ponteiros do relógio já tivessem passado pelo número doze pela segunda vez.

A casa, solitária, carregava histórias de gerações. Olhava o mar distante, para lá daquela montanha de pedras que se acumulavam sob seus pés.

Era no distante que havia a leveza das ondas. Da janela do quarto do segundo andar, o castanho dos olhos dela assistia a um espetáculo de liberdade. E como eram livres!

Vão e vêm, batem nas pedras, desfazem sua forma, viram espuma rasa e reinventam um novo ciclo sem perder a essência, água que se confunde com firmamento. Azul arraigado como aquele preso à íris dele.

Invejava o mar aberto. Sobre o mar não tem construção, é ele que se dispõe sobre as pedras. As pedras dela eram sob as da imensidão azul, sobre. Cansou de apoiar-se na janela, fechou a cortina e desceu as escadas. Permaneceu tanto tempo ali, pisoteando aquele carpete carcomido pelo tempo, que os pilares do primeiro andar se confundiam com suas pernas assustadas demais para o próximo passo. Talvez a casa fosse ela mesma. Isolada por seus medos e entulhos que carregava junto ao peito.

Afastou os escombros daqueles que um dia estiveram ali e chegou até a porta. Perdeu a conta de quanto tempo carregou pesos e angústias que não eram seus e, carregando-os, deixou de flutuar.

A maçaneta, enferrujada pelo tempo, rangeu ao rodar – o mesmo barulho do globo terrestre de acrílico que teimava em girar e mostrar-lhe o mundo que podia conhecer.

Enfim, saiu. Abriu caminho na mata fechada de insegurança, deixou a luz chegar. Da eterna noite, fez-se dia. A claridade afastou a neblina que a impedia de enxergar o infinito.

Era abril e ela encontrou o mar. Transformou-se em onda e deixou-se entranhar no azul, mergulhando leve, livre de entulhos e sentimentos alheios não afundou, mas fundiu-se à imensidão – pronta para bater na pedra mais próxima, desfazer-se e fazer-se nova.

Sem bagagem de outrem, o sobre vira sob e as pedras deixam de pesar.

Pretérito mais-que-perfeito

Nota autobiográfica do pretérito mais-que-perfeito de muitas almas.

Sentada na poltrona próxima à janela do ônibus, Clara observava o asfalto cinzento sob as rodas do veículo. A menina, com coque no cabelo tão apertado quanto seu coração, seguia em direção a um futuro incerto.

Levava uma vida tranquila, adormecia dia após dia ao som do piano que ganhava vida graças às delicadas mãos de sua mãe e despertava sentindo a coloração aveludada do amanhecer, o qual penetrava por entre as falhas da cortina já maltratada pelo tempo.

A vida no presente nunca é classificada como algo próximo à perfeição. Clara não pensava diferente, achava que o melhor da vida estava sempre guardado para depois, assim como aquela cobertura recheada de cerejas que constantemente deixamos para degustar ao final da refeição.

Clara, cheia de sonhos, continuava com um vazio ocupando o lugar do entusiasmo dentro do coração.

Sua casa, sempre com o clima ameno e leve, certo dia demonstrou estar doente. Revestiu-se de chumbo, fechou todas as persianas, adquiriu um tom que transita entre o cinza, branco e preto, típico da tristeza e do abandono. Sinal de extremo respeito ao seu dono. A casa perdeu seu guardião, enquanto a menina, preocupada em esperar pelo melhor, perdeu a oportunidade de perceber o que acontecia ao seu redor.

A família teve sua estrutura quebrada, assim como um edifício que desmorona. Estrutura frágil, sustentada por laços que tendem a propiciar liberdade. Os laços, desprovidos do brilho do cetim, são mantidos por atitudes humanas, impossíveis de prever.

O pai, usando sua ausência excessiva, desgastou o laço até rompê-lo permanentemente.

Clara, que antes observava o canteiro, do qual transbordavam tulipas vermelhas, abaixo do peitoral de sua janela, através daquela cortina que transmitia toda a segurança dos anos guardados em seu tecido delgado, hoje parte em busca do tão aclamado "melhor para sua vida", pelo qual tanto tempo esperou. Mas, sob seus olhos, o asfalto é desprovido de flores, monocromático, assim como o fundo de seus olhos vazios.

Clara, que buscava o futuro do presente, percebe que vivia no pretérito mais-que-perfeito. A cobertura do bolo, se deixada no prato por muito tempo, derrete, assim como os anos dissolvem por entre os dedos concomitante a uma espera interminável.

O melhor é agora.

Amor de vó

Tomar café da manhã com a vó pode ser definido como um dos melhores momentos da vida. Sair da cama atraída pelo cheiro de café semipronto, feito só para demonstrar que sua presença ali é reconhecida. Sentar à mesa e tagarelar, naqueles ouvidos não tão mais sensíveis, sem a preocupação de estar sendo chata. Ensinar coisas simples, mas tão complexas para aquela cabeça tão abarrotada de memórias que, muitas vezes, entra em confusão e diz todos os nomes da família até acertar o meu. Tomar café com a vó adoça o paladar e o coração.

Como pode caber tanto carinho e amor numa xícara?

As pessoas tendem a criar barreiras sentimentais, porque, desde cedo, foram ensinadas que, ao demonstrar o que realmente sentem, estão assinando um atestado de sofrimento. Colocar a palavra "sofrimento" ou "dor" no discurso faz o medo despertar e, despertando-o, a lição é rapidamente assimilada. Somos treinados a erguer muros, uns mais altos, outros nem tanto, mas todos com poucas frestas entre os tijolos. Muros são sinônimos de segurança. No interior dessa capa de cimento, ninguém pode entrar e fazer estrago, a menos que você abra a porta. Algumas portas emperraram, outras nunca existiram.

Infelizmente, estar seguro não significa estar satisfeito e feliz. Nenhum castelo por detrás de grandes muralhas funciona sozinho.

Amor de vó é assim: transpassa as barreiras que insistimos em erguer. Remove tijolo por tijolo, calmamente, até deixar entrar luz. E, quando adentra, nos ajuda a arrumar a bagunça lá de dentro sem perguntar como é que conseguimos fazer tanto estrago em tão pouco tempo.

Vó não questiona, não faz interrogatório. Vó entende e coloca os vasos de volta aos seus lugares. E, mesmo aqueles quebrados, são tesouros para elas, que insistem em unir toda a porcelana, tornando-os cheios de vida outra vez.

Amor de vó, assim como seus olhos cansados, não enxergam essas barreiras de medo de insegurança que insistimos em deixar de pé.

Confiança é encontro de fim de mundos no desconhecido

Ela nunca confiara em ninguém. Seus pés nunca despregaram do chão de pedra da mureta situada entre a terra firme da razão e o abismo do sentir. Nunca saltara rumo ao desconhecido, permanecia no meio-fio, meio termo que, cedo ou tarde, deveria tornar-se definição completa.

Confiança é uma dessas coisas extraordinárias que não necessitam de compreensão. Não tem data marcada para se sentar à mesa e compartilhar o jantar, metamorfoseando-se em amigo de peito aberto para ouvir seus medos e abrandar os temores vindos do coração. Confiança é uma convidada imprevisível. Para alguns, é companheira desde o nascimento, mãos que não se separam; para outros, chegada inesperada e tardia.

Para ela, a segunda cadeira na mesa de jantar permanecera vaga até então.

Até que, numa dessas andanças equilibristas, chegara junto ao pôr-do-sol um par de olhos extravasando luz por entre suas iris.

Seus pés vacilaram. Ela tombou o corpo em direção ao abismo, lembrando uma árvore prestes a cair, agarrada ao último esforço de sustentação de suas raízes. O brilho daquele par de olhos inspirou-lhe segurança, fazendo com que seu corpo seguisse cada vez mais em direção ao precipício sem contornos.

O dono daquele brilho apertou as mãos suadas de medo – não existia lógica naquele erguer de pés, naquela vontade desgarrada de voar. Ela, abandonando a razão, disse que a origem de todo sentimento também lhe era desconhecida, mas estendeu o convite. Ali, tinha espaço de sobra para dois equilibristas. Ele afirmou que não podia viver por intuição. Ela questionou qual a diferença de morrer apenas pela razão.

Dessa vez, foi o brilho dos olhos dela que refletiram nos dele – ela fechou-os, como uma pessoa que aceita o mistério. O corpo se preparou para tombar de uma altura descomunal. Soltou-se. Libertou-se das pedras da insegurança. Saltou. E, nesse momento, o fim do mundo dela tornou-se o fim do mundo dele – metaforizando, numa imagem de mãos agarrando com destreza outro par de similares, a manifestação da confiança.

Entenderam, então, que confiança não é algo determinado – não se pode escolher quando conheceremos o sentimento. Ela chega quando tem que chegar e, quando surge, é sentida em plenitude, sem esforço, como algo que exala de forma natural por cada poro.

Num movimento irracional guiado por escolhas inexplicáveis, dois mundos de insegurança deixaram de existir – o lampejo no olhar de ambos era ainda mais forte que o de qualquer uma das estrelas na escuridão acima deles.

Confiança é, de fato, um desses sentimentos fantásticos que não necessitam de compreensão. É o sentir quando menos se espera. Encontro de fim de mundos no vazio do abismo desconhecido.

A vida é muito curta para que o sal não encontre os lábios

Encontrei um certo alguém que jurou nunca ter chorado depois de certa idade. O mesmo alguém jurou que isso o tornava forte – chorar é coisa de criança mimada.

Sempre gostei de lágrimas e tenho pena daqueles que não se permitem sentir o salgado contido em cada gota de alegria ou decepção. Daqueles que seguram o choro, impedindo o entusiasmo, paixão, e tristeza de escorrer pela face, marcando o caminho com o rastro de sal que chega à boca ao final do percurso. Não imagino como seja a vida dos que obstruem os olhos para que não sejam reflexo d'água. Não deformam a expressão uma só vez, mantendo o sorriso amarelo de sempre estampado logo abaixo do olhar cinza e inflexível.

Certa vez, disseram-me que os olhos são baldes – precisam esvaziar vez em quando para voltar a enxergar com a mesma clareza de antes. Baldes cheios d'água, que não escoam, não despejam conteúdo, são como véu opaco que nos impedem de ver os pequenos milagres da vida.

O sal da água de lágrimas ali guardada corrói a superfície do balde – arde. Tudo é visto sob o incômodo do queimar do globo ocular. As belezas com as quais nossos olhos são presenteados a cada momento mergulham nesse poço fundo de líquido acumulado e se afogam. Lágrimas são, em sua essência, indiferenciadas. Guardar alegrias corrói tanto quanto mágoas. Alegrias nadando incansavelmente para sobreviver, apagadas pelo cansaço de resistir; mágoas lutando para perdurar, enquanto você tenta asfixiá-las.

Há muita verdade na premissa que diz "Quanto menos pessoas souberem, mais feliz você será", concordo e acredito que aproveitar as próprias alegrias consigo mesmo é sugar o mel até o fim. No fundo da alma, onde as palavras conturbadas não conseguem chegar, existe o silêncio – matéria-prima que, de mãos dadas com o sal, formam lágrima. Na lágrima não existem palavras, apenas o silêncio.

Deixar fluir um rio salgado de uma nascente de olhos tristes ou ébrios de felicidade é demonstrar emoções e, ainda assim, continuar em silêncio. É dizer para todo mundo o que lhe aflige ou o motivo do sorriso largo sem nenhuma palavra.

Esvazio sempre meus baldes d'água, deixo-os sempre prontos para receber a próxima chuva torrencial ou os coloco embaixo daquela goteira do telhado que, apesar de tentar tampá-la inúmeras vezes, persiste. Permito que eles encham até a última gota e transbordo. Derramando todo o sal. Facilitando o encontro de seus grãos microscópios com meus lábios. Limpo os recipientes para poder enxergar sem o granulado branco que enevoa a visão.

Segurar o choro não é sinônimo de força. Forte mesmo é quem não tem medo de se afogar no rio que corre pela face. A vida é muito curta para que o sal não encontre os lábios.

Dois tempos

Abri a janela pela manhã e não entrou raio de sol, senti sopro de vento úmido dos lábios escuros de um céu chuvoso. Depois de tanta seca, o sol decidiu descansar e estirar-se por entre as nuvens, conduzindo feixes tímidos sobre parapeitos de metal.

Quando eu era pequena, o tempo era mais organizado – tinha calor no verão, em abril os casacos já começavam a sair do armário para dar uma arejada, aliás, eu podia usar casaco pesado no inverno. O frio seguia firme e forte, fazendo com que no meu aniversário, um dia depois das festas de São João, o cantar ao redor do bolo soltasse fumaça das bocas que me desejavam felicidades. Persistente, só começava a dar trégua em setembro.

O tempo virou uma incógnita – assim como todos os seus sinônimos. Ficou confuso. Perdeu demarcações.

Da mesma janela é possível ver o céu desabar no final de uma terça-feira, para ficar cor de fogo no começo de uma quarta, querendo derreter toda a cidade.

Saí de casa com o asfalto seco, dois quarteirões à frente e já estava chovendo. Andei um quilômetro adiante e tinha enxurrada forte, dois minutos e o sol brilhava de novo.

No elevador, alguém reclama da chuva que está por vir. Diz que o tempo não poderia ser tão imprevisível – as mãos não podiam suportar o peso do guarda-chuva e do óculos de sol, simultaneamente. Dias atrás, alguém reclamava do calor e da falta d'água – cadê o meu banho?

Notei, durante o falar daquelas pessoas, que somos todos o tempo, afinal, o tempo é nosso lugar de ser. Queremos chuva e, num piscar de olhos, desejamos o sol. Queremos e somos dois tempos.

Quando eu era pequena, o tempo era mais organizado. Tinha sol quase todos os dias, a chuva só vinha depois de um encontro entre o joelho e o asfalto da esquina. Tempestades eram raras, raríssimas, e o céu clareava só de abrir a porta do quarto da mãe. Quando eu era pequena, não exigia tanto do tempo – gostava das surpresas coloridas que transitavam entre o cinza e o azul.

Hoje, o tempo virou uma bagunça – para mim e para todos aqueles que, assim como eu, tornaram-se exigentes e indecisos. O dia começa com chuva e termina ensolarado; ou é arrematado com uma enxurrada capaz de afogar o próprio sol. Somos misto, chuva e sol num mesmo dia.

Crescemos e ficamos temerosos. Queremos saber o que está por vir. Surpresas, hoje em dia, botam medo. Molhar com a água da chuva deixou de ser prazer e tornou-se prévia de resfriado.

O imprevisto não faz mais os olhos brilharem, dilata a pupila e acelera os batimentos: afinal, hoje chove ou faz sol? Continuamos a culpar o acaso do tempo pela nossa indecisão, sem perceber que o tempo de fora é reflexo do clima de dentro.

Nosso tempo oscila mais que as nuvens levadas pelo vento que traz chuva.

Hoje o céu acordou fechado, mas aqui dentro fez um sol danado; e se tem sol no interior, perto do coração, o pingo da chuva de fora deixa de incomodar.

O término

Fitava a janela com olhos de outra época. Não fazia tanto tempo desde a última vez em que seus olhos encontraram aquele olhar castanho, mas o tempo é mesmo coisa relativa – parecia que uma vida toda havia se passado até então.

Os pensamentos diluíam como tinta num balde d'água – mistura de cores que dançam como véus no infinito translúcido. O vermelho de um sorriso daquele dia que ela usava um vestido da mesma cor entrelaçava-se com o verde das mãos dele numa tarde de janeiro sem prazo para acabar.

Todos os momentos foram traduzidos em cores que se desmancharam – uniram-se num clarão branco que cegou seus olhos. Como névoa que impede o passageiro de continuar, o branco preso em sua retina a impediu de avançar com as lembranças. As cores desapareceram. O branco, união de todas elas, dispersou-se como o dar de mãos entre a sua e as daquele que protagonizavam as cenas de histórias que naufragavam num mar de outras tantas dentro de sua cabeça. Cansou de existir.

Apagou-se a luz. Escuridão. Ausência de todas as cores – o preto tomou conta do cenário.

É no escuro que, por ironia, conseguimos enxergar como, após um tempo, qualquer fio sutil que une duas pessoas estica conforme a distância até o dia de dividir-se em dois mundos. O fio, muitas vezes inflexível, faz um enorme esforço para se manter inteiro, mas a força, decomposta em lados opostos, ganha a batalha.

No final são pontas soltas, como serpentes buscando um novo começo – um novo ciclo, para se enrolar novamente e dar continuidade ao barbante que tece a vida.

Relacionamentos são palhetas prontas para receber as tintas coloridas que servirão a dois pincéis – pintura à duas mãos. No começo, somos capazes de pintar o arco-íris; cores separadas por tons. Sabemos exatamente distinguir nossos sentimentos, tanto quanto notamos a diferença entre amarelo e azul.

Com o tempo, os pincéis lutam para se pintar por inteiro – o vermelho das brigas, laranja do pôr-do-sol daquele dia de despedidas, azul dos céus das viagens. A palheta perde delimitações de cores e sentimentos e, na bagunça do dia-a-dia, as cores unem-se no branco que cega.

O término também é poesia – é rascunho que não teve acabamento. Palheta de cores que sujou com a fuligem das cores fortes.

É fio que se parte e, com pontas gastas, recompõe-se; como mãos que cicatrizam, não importa qual o tamanho da ferida.

As mãos logo arrumam outras mãos para lhes curar o machucado, o fio entrelaça com outros fios de pontas gastas. Fim é questão de ponto de vista. Olhando daqui até parece um começo.

Carta pr'avó

Esse quintal já foi de terra batida com plantas espalhadas por todo canto. Costumava ter uma árvore aqui dentro, dizem até que era morada de muitos animais. No canto, perto da saída, uma comigo-ninguém-pode enorme. A vó dizia que matava só de relar a mão. Lembro do dia que compramos a piscina. Só podíamos nadar se mantivéssemos em pé a promessa de não estragar nenhuma das plantas da vó Pina. Quando eu me transformava em cientista e fazia do quintal meu laboratório, lá vinha a vó Pina correndo conferir se todos os vasos estavam inteiros.

Antes do cimento tomar conta de tudo, as roseiras circundavam o quintal. Era bonito de ver a vó ali no meio, entre os espinhos, lutando para deixá-las em pé. Mas a permeabilidade da terra findou. Com a reforma, o quintal modernizou-se. Chão de concreto, armários embutidos, prateleiras para organizar todos os produtos de limpeza que eu costumava usar em minhas experiências. As plantas da vó Pina, antes derramadas por todos os espaços, ganharam um canto definido. Tornaram-se tímidas. Pequenos vasinhos carregando dentro de si memórias em tons de marrons – cores da terra que fincava as raízes da casa. As rosas foram substituídas por orquídeas. Todas organizadas em um orquidário vertical. A vó já não podia mais colocar-se entre os espinhos, sua pele tornara-se tênue demais. Seus pés já não apresentavam equilíbrio suficiente para caminhar por trajetos desiguais. Restava-lhe os vasos de orquídeas.

Costumo comparar a vó às flores que já habitaram esse quintal. Outrora fora rosa selvagem, com espinhos para defender a todos e força para crescer livre no chão, sem adubos. Hoje, a reforma do tempo a atingiu. Tornou-se tímida. Um corpo frágil que carrega as memórias de épocas de terra batida. Transformou-se em orquídea de pétalas suaves. Uma orquídea de cores e formas singulares, que, na maior parte do tempo, esconde-se em sua folhagem.

Dizem que, quando uma nova orquídea chega ao quintal, as outras abrem espaço para que ela exiba suas cores exuberantes. A mais antiga, após passada sua fase de floração, põe-se a descansar. A vó Pina é assim – uma orquídea que já encantou muitos olhares e hoje ensina às outras a arte de colorir os jardins da vida. Deu seu lugar de destaque às filhas, netas, bisnetas e a todos que quiserem aqui fincar raízes.

Minha avó tem o jardim mais lindo que eu conheço. Eu, que nunca entendera a grande importância que as plantas e flores tinham em sua vida, hoje compreendo: cuidar do jardim é cuidar da alma. E a alma da minha avó é feita de orquídeas – por isso, encanta.

Simone

O centro de Catanduva parece nunca ter mudado. Desde quando posso me lembrar, o trânsito é lento entre a rua Minas Gerais e a Brasil. As pessoas tumultuam o calçadão nos sábados de manhã e na época do Natal.

O passo dos catanduvenses sempre foi apressado, desde quando consigo me lembrar. Seguimos um fluxo. Seguimos olhando fixamente para o objetivo final. Traçamos a rota antes mesmo de sair de casa.

Há muito não enfrentava o asfalto quente da cidade natal. Decidi esquecer as chaves do carro e respirar o ar com cheiro de infância. Caminhei olhando as vitrines e percebi, enfim, que o mais do mesmo persiste.

Enquanto tomava o caminho de volta para casa, uma mulher mal vestida e cheia de sacolas fazia o trajeto contrário, em minha direção. As pessoas que dificultavam o encontro do meu olhar com o dela trocaram de calçada. Não queriam dividir o pequeno espaço de ladrilhos tortos com alguém que julgavam ter imagem duvidosa. O caminho ficou livre. Nossos olhos pousaram uns nos outros por alguns minutos. E ela sentiu que as portas estavam abertas para que pudesse falar.

Logo imaginei que ela pediria alguma contribuição em dinheiro. Daria mais uma daquelas desculpas esfarrapadas e arrancaria alguns centavos do meu bolso. Engano meu. A mulher, envergada pelo peso que carregava, perguntou se eu poderia indicar o orelhão mais próximo. Apontei a direção que ela deveria seguir, mas, ainda assim, o olhar da moça permaneceu perdido. Ofereci ajuda. Ela ficou desconfiada e perguntou se eu queria algo em troca. Ri. Ri de desespero por saber que essa mulher talvez nunca tenha conhecido o sentimento genuíno de receber ajuda sem precisar abrir mão do pouco que tinha.

As portas, que estavam abertas, foram escancaradas. Deixei-a entrar por completo. Ouvi uma história antes nunca contada por falta de ouvidos e olhares atentos. A mulher subiu ao palco pela primeira vez. Sentiu os holofotes em direção a ela. Foi protagonista em um mundo que insistia em colocá-la no papel de coadjuvante.

Simone agora tinha nome. Identidade que a tornava única. Simone, aquela que sonhava em ser enfermeira como sua mãe fora um dia, agora tinha sonhos compartilhados. Identidade e sonhos. Não existia outra Simone como aquela no mundo. Ela só precisava saber onde encontrar um advogado. Após a morte de sua mãe, fora despejada da casa que era dela por direito. Caminhava, daquele dia em diante, com seu mundo nas costas. Um mundo ensacado pela falta de conhecimento.

Expliquei onde ela poderia encontrar e dei-lhe um número de telefone. Simone agradeceu e perguntou qual era minha profissão. Disse-lhe que ainda não era nada, pois estava na faculdade. No momento, só estudava. Com olhos de espanto, repreendeu-me. Quisera ela poder dizer que só estudava.

Aos seus olhos, estudar era primoroso. Um fazer que lhe parecia tão bonito quanto qualquer outro. Aos seus olhos, disse que, por não ter tido a oportunidade de estudar, sentia-se como uma ovelha no campo, à mercê da natureza e do mundo, que se transforma de forma tão terrível à nossa volta. Os olhos de Simone enxergam melhor que tantos outros com os quais os meus já cruzaram um dia.

Na despedida, decidi pedir algo em troca. Perguntei-lhe se poderia contar sobre o nosso breve encontro para outras pessoas. Sorrindo, afirmou que seria uma honra.

Ela subiu a rua Minas Gerais, eu desci. Talvez os caminhos sejam opostos a ponto de nunca mais nos encontrarmos. Mas Simone deixou uma marca em mim. Percebi, naquele momento, o quanto estava ansiosa para dividir essa história com o mundo. Tornar Simone uma mulher conhecida, ainda que no imaginário das pessoas. Percebi, enfim, que valia à pena escrever, afinal, somente pela escrita é que Simone poderia ser imortal.

Simone, provavelmente, nunca verá sua história publicada. Mas ganhou, ao menos uma vez, a chance de uma plateia inteira ao seu dispor. Ainda que plateia de um só.

O centro de Catanduva parece nunca ter mudado. O mais do mesmo ainda tem seu espaço porque nossos olhares insistem em não encontrar os olhos daqueles que caminham na direção contrária. Quando escancaramos as portas, um novo mundo passa a morar dentro de nós.

Hoje o mundo de Simone ganhou, finalmente, um lar.

O centro de Catanduva parece nunca ter mudado, mas muda todos os dias.

As pessoas que matamos ao longo da vida

A secadora girava, fazendo aquele zunido que nos leva para longe. Colocou-se frente à maquina e, hipnotizada pelos movimentos circulares, mergulhou naquele buraco negro. Foi sugada pelo ralo gigante que escoa as águas do pensamento.

Em seu universo, a morte tinha outro significado. As crianças são as únicas que falam desse assunto com naturalidade. Não são como os adultos, que não sabem o que fazer com a palavra e procuram sempre não dizê-la. O morrer, muitas vezes, não está ligado ao fim da vida. Tudo depende do referencial.

Quando bem pequena, não brincava na rua. Eram as meninas da vizinhança que iam até a minha casa passar as tardes. Dessa época, lembro-me pouco, mas nunca deixei ir embora por completo a imagem do rosto e do nome delas. Foi só ter idade de ir para a escola, mudança radical na rotina, que as perdi. Passamos a nos encontrar somente aos finais de semana, até que, finalmente, morressem nos meus dias.

Logo nos primeiros anos de escola, fiz uma grande amiga. Daquelas que a gente gruda e não quer mais soltar. Sente ciúme quando brinca com outras. Dessa época, lembro-me muito. Frequentávamos a casa uma da outra, as famílias criaram laços e aprendemos, logo cedo, o significado de cumplicidade. Quando completamos 10 anos, minha melhor amiga mudou de cidade. Eu até fui visitá-la algumas vezes, passei alguns finais de semana com suas novas companhias, mas a gasolina ficou cara, a conta de telefone também. A distância aumentou e soltamos as mãos.

Quando entrei na adolescência, conheci pessoas novas. Fiz amizades responsáveis por me ensinar que o mundo não é tão belo e puro quanto parece ser à primeira vista. Tive amores que fizeram meu coração doer e os olhos incharem. Lembro-me de uma amiga que sempre esteve ali para enxugar as lágrimas causadas por aquelas paixões que fazíamos questão de dedicar as páginas de nossas agendas. Ela consolou, alegrou, acolheu-me e me fez perder, simultaneamente, o medo de filmes de terror e dos sentimentos ruins que poderiam me fazer cair. Sua presença foi fundamental para que eu enfrentasse os anos de escola, mas também nos afastamos. A escola acabou e meu telefone nunca mais tocou.

Já mais crescida, chegou a hora de sair de casa, mudar de cidade e enfrentar a odisseia de morar sozinha. Percebi que os problemas reais estavam chegando com mais força. As paixões já não duravam apenas algumas meses, mas começavam a enraizar. O coração não era tão mais leve. Fui morar em um novo universo, sem imaginar que grande parte das coisas e pessoas que deixara em minha cidade natal estavam datadas para morrer.

O morrer, quando olhamos para trás e encaramos os fantasmas que deixamos ao longo do caminho, ganha outro significado. Quando entrei no apartamento da terceira cidade que me recebeu de braços abertos para morar, vi que, mais uma vez, eu matara pessoas. Morrer é virar apenas lembrança. Privar o outro de sua presença. Partir e cortar os laços.

Perdi as contas de quantos amigos e amores deixei pelo caminho. Não propositalmente, apenas porque a corda que nos prende não é densa o bastante para esticar por todos os cantos que cada um de nós decide seguir. Ela cede. Rasga. Como duas mãos que tentam continuar unidas, mas escorregam. Dedos que se prendem, arroxeiam-se, e se soltam. No final, o destino e as escolhas mostram-se maiores e mais fortes que nós mesmos.

É claro que essas pessoas continuam caminhando pelo mundo. Suas vidas não tiveram, de fato, fim. Mas, uma vez transformadas em lembrança, a recusa de fazê-las reais em nossos dias aumenta. Aquela música que ouviam juntos não causará a mesma sensação. O restaurante preferido não terá o mesmo gosto. Aquele mirante, refúgio do caos, não mostrará a mesma vista. Ainda que insistamos em ouvir a música, frequentar o restaurante ou visitar o mirante com outro amigo ou amor.

A morte é nossa eterna companheira. Está sempre à nossa esquerda, à distância de um braço. Mas nem toda morte é igual, ainda que todas, em determinado tempo, mostrem-se inevitáveis. E, apesar de inevitáveis, continuamos negando sua existência. Colocando-a distante de nós.

Já soltei a mão de muitas pessoas, transformando-as em lembranças e matando-as por inteiro. Talvez por não fazer da morte algo real. Soltei mãos que ainda tinham forças para continuar unidas. Abandonei sem pensar na irreversibilidade dos fatos. Deixei para trás esquecendo que o morrer vai além de túmulos floridos. O morrer é deixar a tesoura cortar o fio da presença. Para alguns, da presença no mundo. Para outros, da presença na vida.

Encarei a morte, cuja presença é eterna no mundo e na vida, e, assim, minhas mãos ficaram fortes. Sabendo da possibilidade das várias formas e possibilidades do morrer, rearranjamos os laços que nos unem. Esticamos as cordas com mais delicadeza. Seguramos com mais firmeza a presença daqueles que importam – amores e amigos. Tornamos menos os fantasmas que habitam nossa estrada.

A culpa não é sua

Eu carrego o mundo nas costas. Minha coluna já não aguenta tanta pressão. Ontem mesmo, quase surtei e, naquele momento, senti-me culpada por isso. Engoli o choro e repeti o mantra. Logo vai passar.

O começo de um relacionamento é quarto escuro. Esbarramos em uma porta e a fechadura reluzente nos chama atenção. Entramos. Com medo de fazer qualquer movimento brusco, esperamos de mãos estendidas. Mas a curiosidade amolece os músculos rígidos de tensão. Começamos, então, a tatear o ambiente em busca de respostas.

Nesse processo de enxergar com as mãos, tropeçamos na bagunça do outro. Nosso dedinho encontra uma quina qualquer. Hematomas misteriosos surgem de gavetas abertas pelo caminho. E, apesar das dores alucinantes, a imagem formada em nossa mente é sempre algo belo.

Sem vislumbrar o clarão que ilumina a verdadeira face do outro, criamos a paisagem que nosso coração deseja habitar. Decidimos, de súbito, alugar aquele quarto por tempo indeterminado.

Levamos, pouco a pouco, a bagagem do nosso mundo. Com lanternas falhas, retiramos os lençóis brancos que cobrem o mobiliário. Abrimos espaço para nos acomodar. No segundo dia, a caminho de volta para casa, um florista cruza a faixa de pedestres na direção oposta. Levamos uma rosa, um lírio ou um crisântemo. Os olhos acostumam-se com a escuridão. Enxergam apenas silhuetas. Querem mais.

Um mês qualquer, decidimos trocar a luz. De tanto forçar a vista para completar as lacunas do desconhecido, a cabeça começa a latejar. Uma sensação de incômodo permanente. É hora de conhecer por inteiro aquele espaço.

Dizem que nosso lar não precisa ser, necessariamente, aquele composto de paredes de tijolos, podemos habitar também lares de carne e osso. Há pessoas que são moradas. É o escuro do outro que nos incomoda, por isso desejamos a claridade. Num ato repentino, apertamos o botão do interruptor e ele coloca-se frente a nós totalmente despido das camadas que criamos no passar dos dias.

Eu imaginava aquele lar calmo e tranquilo. Voz mansa. Um mar de paciência. Sob a luz, mostrou-me que há também trechos tempestuosos. Ainda assim, tornei-me onda e deixei-me entranhar no azul, mergulhando leve. Nos primeiros dias, não afundei, mas fundi-me à imensidão – pronta para bater na pedra mais próxima, desfazer-me e fazer-me nova.

O oxigênio acabou. As pernas já não aguentavam mais nadar contra a corrente. Era hora de encontrar um bote e deixar para trás a tempestade. O que não sabemos é que nem sempre o outro pode salvar nossa vida. O desespero toma conta de nossos sentidos. Em meio às ondas violentas, água salgada permeando os lábios, relembramos o aconchego do quarto escuro.

Queremos voltar. O arrependimento de ter desejado acender as luzes toma conta. Até quando conseguiremos aguentar as tempestades do outro?

Custamos a acreditar, mas esse mar violento sempre existiu. Desde o momento em que pisamos, pela primeira vez, no quarto escuro, ele esteve ali. É preciso reconhecer a ambivalência das pessoas.

Quantos relacionamentos deixamos acabar por não aceitar nosso companheiro ou companheira por inteiro? A pergunta pode ser estendida à todas as relações interpessoais. Relacionar-se é conhecer um novo universo. E mais: entender que aquele mundo nem sempre é tão parecido com o seu.

Tenho uma amiga que se apaixona constantemente. Mal tateia o quarto escuro antes de carregar suas malas para dentro dele. Confiança é uma dessas coisas extraordinárias que não necessitam compreensão. Ela tem fobia da luz. Gosta mesmo é das máscaras. Não aquelas de papel e tinta, mas de carne. Diz que só se pode amar verdadeiramente no escuro. Quando os olhos começam a dar sinais de curiosidade, encerra o contrato e inicia a busca por nova morada. Admiro as pessoas que se recusam a enxergar de verdade.

De fato, não é fácil encarar um clarão escancarado. Dói o globo ocular. Machuca a retina. As manchas luminosas têm poder de confundir. Ninguém gosta de admitir que aquela cortina não tem a estampa inicialmente idealizada. Mas é preciso treinar nossos pontos de vista.

O amor é cego, dizem. Discordo. Cega mesmo é a paixão, que nos impulsiona a abrir aquela fechadura reluzente pela primeira vez. A paixão é dissociativa. Idealiza o que é bom e decora aquele cômodo de acordo com nossas preferências. É egoísta. Esquece de deixar espaço para que o outro imprima a sua marca. Se gosto de lírios, são eles os protagonistas dos vasos. Estávamos ansiosos demais em nos mudar para perceber que, na verdade, o outro gosta mesmo é de rosas.

Paixão é esquizo-paranoide. Fragmenta experiências afetivas. Sabe que há pontos negativos naquele quarto, mas os projeta no apartamento vizinho. Sua morada é só e somente o que há de bom. Mas as vozes do aposento ao lado não param de ecoar. Acender a luz é calar as vozes. Entender que não há vizinhos. Aquelas frustrações fazem parte do mesmo ser.

Chega o dia em que sobrevivemos à tempestade. Em terra firme, é hora de escolher qual caminho seguir. Encerrar o contrato e viver nesse ciclo sem fim de escuridão ou encarar toda a complexidade do convívio. Aceitar a complexidade é esmagar nosso egoísmo. Nem sempre são lírios.

Já assisti ao fim de muitos relacionamentos de amor e amizade. Em todos eles me senti culpada. As pessoas, em um término, costumam listar os aspectos ruins que as levaram a tomar essa atitude. Somos ciumentas, possessivos, indecisas, inseguros. Acreditamos não ser competentes o suficiente para corresponder às expectativas do outro.

A culpa é um peso que achata nossas vértebras, encurvando nossa postura. Rebaixa nossa autoestima. Faz crer não sermos capaz de viver algo bom.

Tudo culpa nossa. Quando é que vamos amadurecer? Quando é que vamos mudar?

Penso que, talvez, não haja, de fato, culpados. A culpa é de quem nos fez acreditar nessa história de personalidade inflexível. Fulano é agressivo, o outro é paz e amor. A mulher é histérica, o homem desligado. Separam-nos em caixas fielmente delimitadas. Como na feira orgânica das quintas-feiras, buscamos tomates, laranjas e cerejas. Eu quero alguém inteligente. Ele quer alguém tranquilo. Pobre de nós, que acreditamos existir indivíduos de uma característica só.

Não é justo culpar o outro por nossas frustrações. Elas são, na verdade, frutos de nossa cegueira. Afinal, nós mesmos nos recusamos a enxergar a mistura heterogênea de sentimentos que faz parte daqueles que idealizamos.

Nosso medo é do claro.

O dente do siso

Eu tenho os quatro dentes do siso. Todos já apontaram em seus respectivos lugares na gengiva. Estão intactos. Um deles, o do lado esquerdo, inflamou. Nos primeiros momentos, a dor, insuportável que é, fez nascer a ideia de extração. Eu teria que, finalmente, enfrentar o dentista e tirar dali o incômodo.

Sorrindo e caminhando em direção à dor, o medo a tirou para dançar. Evitei o telefone e não agendei um horário. Deixei o dente pulsar na boca. Senti a intensidade de sua presença a cada mastigada. A dor, de tanto rodar de mãos dadas com o medo, demonstrou cansaço. Saiu de cena. Retirou-se, cicatrizando a gengiva maltratada pelo dente pontiagudo. O medo a deixou tonta e criou em mim a ilusão de que aquela sensação dolorida nunca existira. Fiz as pazes com o siso e decidi que o deixaria enraizado, vizinho dos molares do lado esquerdo. Hoje, meses após a reconciliação, a dor acordou. Senti latejar no começo da manhã. Pensei que fosse coisa passageira. Ignorei. Perto do almoço, no entanto, a gengiva inchou. Não comi. Na angústia, pensei em pegar o telefone e tomar uma atitude. Hesitei. Esperei, mais uma vez, o medo dar as caras, impedindo-me de enfrentar, de uma vez por todas, a extração.

Enquanto convivo com a dor, que, de tempos em tempos, vem e vai, penso: quantos sisos deixamos nos incomodar e tornar os dias doloridos diante da ilusória sensação de alívio causada pelo medo?

O medo, esse senhor de ar autoritário, é mestre na arte da enganação. Camufla os desconfortos, fazendo-nos acreditar que o hiato entre uma inflamação e outra é mais satisfatório do que a paz permanente. Amarra-nos em nossas inseguranças e estorva, alimentando, no peito e na mente, a ideia de que não há nada de errado em permitir que a dor more em nós.

Chega o dia em que é preciso bater de frente. Fazer a dança de medo e de dor acontecer para fora dos portões. Do lado de fora, a frustração não é mais trilha sonora. Eles que rodopiem à vontade, enquanto desocupo espaços para a coragem e ligo para o dentista.

A extração é a despedida da dor. O último suspiro. Um buraco na gengiva feito para o alívio morar.

É preciso expulsar o medo para se desfazer da dor.

Um outro clichê

As roupas saíam sempre quentes da secadora, como os abraços dados ao final do dia. O calor chegava às mãos em um encontro de carne e alma. Cheiro de roupa limpa impregnado com a essência da noite anterior. Postas uma a uma em cabides organizados simetricamente no armário, as camisetas, quase sempre pretas, iam esfriando, deslizando e desfazendo as dobras. Uma delas, entretanto, continuava amassada. Pronta para acomodar cada costura torta no corpo de um segundo eu.

A camiseta, com a gola já surrada pelo tempo, parecia ter sido moldada no formato dela. Vestia fácil, como água de rio em correnteza. Era um santuário. Quando dentro, ela sentia-se completamente envolta por ele. Abraço permanente que só findava ao amanhecer.

Fazia parte de um ritual de pertencimento. Amedrontava-a dividir espaços. Sua escova escondia-se na primeira gaveta. Não queria ocupar um lugar que não era seu. A camiseta era a fuga do medo de tornar par os objetos de um só.

Aquele pedaço de pano verde desbotado não era dela. Era dele. Presente dele para ela.

Às cinco da manhã fazia meio-dia. Um tempo além do que ela podia segurar. Ela não sabia ser. Não conhecia a si própria para se entregar ao som de *Last Kiss*. Era feito pássaro engaiolado em seus medos. Cobria-se de vergonha ao pensar em liberar as asas e dançar junto a ele.

Aquele sotaque manso permeou o peito antes de se apresentar aos ouvidos. Ela odiava bonés e, ainda assim, pareceu-lhe uma boa ideia explorar o que vinha debaixo daquela aba que vira pela primeira vez. Às cinco da tarde fazia meia-noite em Paris e ela não sabia lidar com a escuridão.

Causou-lhe espanto quando, de repente, encontrava-se ali naquele mirante, que custaram a chegar. Deitada na grama, olhavam as luzes acesas dos prédios que circundavam a cidade e, por horas, brincaram de imaginar a vida das pessoas que habitavam cada quadrado de concreto iluminado. Arriscaram palpites para quebrar a timidez. Se soubesse lidar com a escuridão dos olhos dele, com certeza ela os intimidaria com as mais belas histórias que construíra em sua mente. Preferiu ficar no trivial. Ela tinha 18 anos e muita coisa para descobrir.

Naquele tempo, os dias corriam lentos. Quinta-feira era sagrada. Dia de encontrar um ao outro. De quinta em quinta, ele foi ficando. Tornou-se o primeiro e despertou-lhe a curiosidade de ser mulher. Segurou-lhe as mãos e deu-lhe vida. Ela, em troca, insegurança.

Colocou-a dentro do carro, trocou o CD e mexeu no volume com movimentos só seus. Ele tinha um jeito especial de controlar o som. Seguiram sem rumo até a última faixa do álbum. Estacionaram no centro de uma cidadela vizinha. Às duas da manhã fazia um horário qualquer. Não tivera tempo de checar o relógio. A praça central estava vazia. Ele a pegou no colo, caminhando até uma escadaria de pedras gastas impulsionou o voo dela. O primeiro. O gosto da liberdade em forma de sopro da madrugada.

Era solstício de verão, o sol teimava em arder e ela não tirou o casaco. A urgência de sentir o calor que emanava da pele dele a fazia suar. O fluido destilado por seus poros escorria pelas têmporas. Hesitou e permaneceu agasalhada. Não se sabe se por medo ou precaução das queimaduras podiam vir a arder.

O dia levou certo tempo para chegar ao fim e o sol sobre o trópico de Capricórnio iluminou aquele encontro por doze meses e um punhado de semanas. Chegou o equinócio e ela, com olhos constantemente turvos d'água, ainda tropeçava pelos caminhos que a levariam ao encontro de si própria. Às quatro da manhã o relógio parou. Dia e noite com a mesma duração. Dançaram a última música nas primeiras horas. Ela colocou seus pés sobre os dele e, suavemente, subiu e deixou que aquele som que ele escreveu para ela guiasse seus passos. Ela foi a segunda pessoa do mundo a ouvir a música que era sua. Rodopiaram no centro do quarto. Mal sabiam que o solstício de inverno, com sua frente fria, se aproximava. Ao final daquele dia, desataram o laço. Ele a queria de corpo e alma, mas ela nunca tinha vislumbrado nada além do que está refletido no espelho. Não podia oferecer o que desconhecia.

A verdade é que ela não desejava estar ali. Não naquele momento. Queria partir, conquistar um sonho ainda não sonhado. Impulsionada pelo o que nunca existiu, tentava conter sua coragem em um baú de madeira aos pés da cama. Aquela caixa de madeira maciça, abarrotada de histórias antigas, não tinha espaço para trancafiar tamanha energia. O trinco estourou e feito agulha entrou em seus ouvidos. Perdera o controle. Suas mãos não eram fortes o bastante para conter o destino. Ela ainda não sabia disso.

Deitada sobre o chão de ardósia fria, suplicava pela presença. Não entendia de onde é que vinha aquele tremor. Era do lado de fora ou de dentro dela? Prestes a explodir, juntou tudo o que era dele em uma caixa de papelão. Roupa de dormir, livros e DVDs. Naquela época, costumava-se ir às locadoras. Tinham esquecido de devolver um exemplar. O último filme que assistiram juntos.

Aquele lugar não fazia sentido sem a presença dele. Juntou a bagagem de alguns anos e partiu. Deixou para trás uma vida e incendiou-se. Num voo mimético ao de uma fênix, renasceu das cinzas e pousou no próximo destino.

Ela ainda não sabia, mas era ali o local de seu segundo nascimento. O ponto exato onde descobriria a identidade do seu próprio eu.

Pouco a pouco, a distância fez a dor amenizar. Já não tinha mais tempo para culpá-lo por sua mudança. Às vezes, enfurecia-se. Pensava que, talvez, ele pudesse ter causado essa mudança propositalmente, com a pretensão de afastá-la. Noutro tempo, esquecia-se do seu timbre de voz. Forçava a memória até ouvir a voz dele chamando seu nome ao longe. Presa em um ciclo de padecimento e alívio, ela vivia.

A saudade cedeu lugar a um sentimento até então desconhecido. Ela sabia que aquela despedida era permanente. Ele foi a última visita de seu apartamento. Em meio às caixas empilhadas, amaram-se. Ela pediu para ele ficar mais uma centena de vezes. Ele negou outras mil. Recusou-se a dormir ao seu lado na noite derradeira, mas só decidiu ir embora quando o sol já despontava no horizonte. Em um último suspiro de esperança, pararam debaixo do batente da porta e olharam-se. Ela, desesperada para ficar, ele, para que ela voasse. A dobradiça chorou as lágrimas dela enquanto enchiam os pulmões do silêncio da despedida. Dele, restou apenas uma música do Pato Fu e meia dúzias de cartas de amor. Matou-o para poder seguir em frente.

A morte é sempre uma saída. Exterminação total do problema. Mas ele nunca fora um problema para ela. Experimentou, depois de alguns anos de análise, deixar de falar sobre ele no pretérito. Ele não era. Ele é. Ele vive.

Só quando admitiu que ainda pulsava aquele coração foi que tirou a venda que cobria seus olhos. O brilho da verdade fez a pupila dilatar. Ardeu. Dor que se espalhou por todo o corpo. Compreendeu, finalmente, que a ausência dele não era feita de morte, mas de vida. Ele a deixou partir por escolha, não consequência. Ele quis que ela tivesse a sua hora da estrela.

Aos 18, ela sentiu curiosidade de ser mulher, mas só tornou-se muitos anos depois. Sentiu-se mulher quando, encarando aquele lugar lá na frente, teve a certeza de que amou e foi amada. Verdadeiramente. Carnalmente. Espiritualmente. Não porque ele espalhou rosas por todo o seu caminho enquanto estiveram juntos. O que a fez ter certeza foi a ausência. Ele ausentou-se para que ela pudesse ter presença. Soltou as mãos dela para que ela corresse em direção àquele lugar lá na frente. Amor é saber onde mora a felicidade do outro. E ele sabia.

Gritando no abismo da desaparição, ela quer que ele saiba que ela, de agora em diante, é por inteiro. Corpo e alma. Hoje, ela é. Hoje, ela vive.

Esta obra foi composta em Aldus e
impressa em papel pólen bold 90 g/m² para
Editora Reformatório em setembro de 2016.